JEUNE FILLE AU PAIR

DU MÊME AUTEUR CHEZ LE MÊME ÉDITEUR

N° 1 : LE MONSTRE D'ORGEVAL
N° 2 : LE CARROUSEL DE LA PLEINE LUNE
N° 3 : L'ABOMINABLE BLOCKHAUS
N° 4 : LES SÉMINAIRES D'AMOUR
N° 5 : LE MARCHÉ AUX ORPHELINES
N° 6 : L'HÉROÏNE EN OR MASSIF
N° 7 : UN CHANTAGE TRÈS SPÉCIAL
N° 8 : LES REQUINS DE L'ÎLE D'AMOUR
N° 9 : LA CITÉ DES DISPARUES
N° 10 : LE CYGNE DE BANGKOK
N° 11 : LA MANTE RELIGIEUSE
N° 12 : LE JEU DU CAVALIER
N° 13 : LA CROISIÈRE INTERDITE
N° 14 : LE HAREM DE MARRAKECH
N° 15 : LA MAISON DES MAUDITES
N° 16 : LA PERMISSION DE MINUIT
N° 17 : LES CAPRICES DE VANESSA
N° 18 : LA VIPÈRE DES CARAÏBES
N° 19 : LE VOYOU DE MONTPARNASSE
N° 20 : LES FILLES DE MONSEIGNEUR
N° 21 : LA NUIT ARABE DE MONACO
N° 22 : LA FERMIÈRE DU VICOMTE
N° 23 : LA PUNITION DE L'AMBASSADEUR
N° 24 : LA SECTE DES AMAZONES
N° 25 : LES SIRÈNES DE L'AUTOROUTE
N° 26 : LE BOUDDHA VIVANT
N° 27 : LA PLANCHETTE BULGARE
N° 28 : LE PRISONNIER DE BEAUBOURG
N° 29 : LES ESCLAVES DE LA NUIT
N° 30 : LES POUPÉES CHINOISES
N° 31 : LES SACRIFIÉS DU SOLEIL
N° 32 : L'EXÉCUTRICE
N° 33 : LA PRÊTRESSE DU PHARAON
N° 34 : UN CANAL ROSE POUR CIBISTES
N° 35 : LES FANATIQUES DE LA VIDÉO
N° 36 : LES ANGES DE PIGALLE
N° 37 : SOSIES SUR MESURE
N° 38 : LA MARQUE DU TAUREAU
N° 39 : L'ÎLE AUX FEMMES
N° 40 : LA CHÂTELAINE DE L'ORDRE NOIR
N° 41 : LA PRINCESSE DES CATACOMBES
N° 42 : LA DISPARUE DE SUNSET BOULEVARD

Nº 43 : LE PARFUM DE LA DAME EN GRIS
Nº 44 : LES FEMMES MYGALES DE CÔTE-D'IVOIRE
Nº 45 : LA DANSE DES COUTEAUX
Nº 46 : LES AMANTS DE SINGAPOUR
Nº 47 : LA VEUVE DU LAC
Nº 48 : LES FANTASMES DU NOTABLE
Nº 49 : LA BÊTE DU LUBERON
Nº 50 : CARNAVAL A VENISE
Nº 51 : LES NUITS BLANCHES DE LA TOUR EIFFEL
Nº 52 : LOVE TELEPHONE
Nº 53 : GOLF-PARTY
Nº 54 : L'ENFER DU COLLECTIONNEUR
Nº 55 : LES SOMNAMBULES DU DOCTEUR MARLY
Nº 56 : LES ENVOÛTÉES DU MARABOUT
Nº 57 : LA TUEUSE D'HOMMES
Nº 58 : LA DIVA DU BOIS DE BOULOGNE
Nº 59 : LA FOLIE DE BARBE-BLEUE
Nº 60 : LE MANIAQUE DU PARKING
Nº 61 : LE BATEAU DES FILLES PERDUES
Nº 62 : LE DÉMON DU PEEP SHOW
Nº 63 : LES CHASSEURS DE MIREILLE
Nº 64 : LA PLAGE AUX NYMPHES
Nº 65 : NUITS DE CHINE
Nº 66 : LA FILIÈRE MEXICAINE
Nº 67 : LES SECRETS DE MADAME MAUD
Nº 68 : LA FEMME MASQUÉE
Nº 69 : TRANSPORT DE FILLES
Nº 70 : LA SECRÉTAIRE DU PATRON
Nº 71 : LA PANTHÈRE DES PALACES
Nº 72 : LES PROFANATRICES
Nº 73 : LA TENTATION DE CAROLINE
Nº 74 : LA LOUVE DES BEAUX QUARTIERS
Nº 75 : LES STRIP-TEASEUSES DU PETIT ÉCRAN
Nº 76 : LES MAÎTRESSES FEMMES DE SAINT-TROPEZ
Nº 77 : LE RODÉO DU PLAISIR
Nº 78 : LES PROIES DU COMMANDO
Nº 79 : LA FEMME-FAUCON
Nº 80 : LA TIREUSE D'ÉLITE
Nº 81 : LES VOIX DU DÉSIR
Nº 82 : LES TAXIS DE L'AMOUR
Nº 83 : L'ALLUMEUSE
Nº 84 : MAÎTRE ET ESCLAVE
Nº 85 : GIGOLO STORY
Nº 86 : LA CAVALIÈRE DE L'APOCALYPSE
Nº 87 : LES JEUX DÉFENDUS DE LA PRÉSIDENTE
Nº 88 : L'ÉVENTREUR AUX YEUX D'OR

Merci,

Vous avez été très nombreux à répondre à notre questionnaire inséré dans le « Brigade Mondaine » de juillet 88.

Ces milliers de réponses seront très soigneusement étudiées pour mieux vous connaître et vous servir.

D'ores et déjà, sachez que la très forte participation féminine et la fidélité de notre lectorat nous a ravis.

Encore une fois merci.

Comme convenu, les 200 premières réponses ont été récompensées par l'envoi du « Brigade Mondaine » de septembre 88.

Amicalement,

Michel Brice   Gérard de Villiers

MICHEL BRICE

BRIGADE MONDAINE

JEUNE FILLE AU PAIR

PRESSES DE LA CITÉ
PARIS

Les dossiers Brigade Mondaine de cette collection sont fondés sur des éléments absolument authentiques. Toutefois, pour les révéler au public, nous avons dû modifier les notions de temps et de lieu ainsi que les noms des personnages.

Par conséquent, toute ressemblance avec des personnes existantes ou ayant existé serait totalement involontaire et ne relèverait que du hasard...

ISBN 2-258-02517-6

CHAPITRE PREMIER

Roy Slatter arrêta subitement de courir après son teckel qui galopait là-bas, ivre de liberté, dans les flaques laissées sur la plage par la marée descendante : il se passait quelque chose de bizarre du côté de la première de la longue rangée des cabines de bains qu'il allait atteindre.

D'abord, le losange d'aération percé dans la paroi de bois était éclairé comme si un projecteur de grande puissance était allumé à l'intérieur... En plus, le sable devant la cabine était lui aussi brillant comme en plein soleil ! Alors qu'il pleuvait...

Et puis, il y avait cette drôle de chose qu'il voyait sortir de la cabine, côté mer, de biais, par rapport à lui.

C'était blanc et rond. Ça sortait peu à peu, lentement et Roy Slatter écarquillait les yeux : une bonne longueur de main de la chose était maintenant dehors, tendue, l'extrémité un peu tremblante et toute bizarre : on aurait dit un oursin en caoutchouc. Et plus aucun doute n'était possible, c'était une *french-letter* (1). Mais vraiment spéciale, avec son bout hérissé de pointes molles !

Et voilà que deux mains apparaissaient, gantées de noir ! Et la bouche toute rouge ! Et puis tout le visage de profil de la fille qui soufflait dans le préservatif, joues gonflées par l'effort !

Roy se recula vivement derrière la palissade du marchand de *fish and chips* (2) fermé à cette date de l'année. Au loin, son chien aboyait furieusement pour l'appeler dans les petites vagues lisses du Bristol Channel. Derrière lui, la mer était grise, avec des zones de soleil dans l'eau du côté de Cardiff, sur la rive galloise de l'embouchure de la Severn. Et malgré le *drizzle*, le crachin, on voyait nettement les deux grands rochers isolés, le haut, Steep Holm, à gauche. Et le plat, Flat Holm, à droite.

Personne sur la plage immense de Weston-super-Mare, la station balnéaire de Bristol. Fin avril, et un matin de semaine. Surtout quand de gros nuages venus de l'Atlantique se vident sur la côte ouest de l'Angleterre, qui serait assez fou pour venir se geler ici, sauf quand on est un retraité qui a son chien à promener, des bottes montantes, un anorak bien étanche et la plus british des casquettes sur la tête ?

Roy finit par trouver ce qu'il cherchait : un trou dans une des planches de pin, l'endroit où un nœud de bois a sauté et qui est fait comme exprès pour qu'on y colle l'œil.

— *Shit* (3)..., grogna-t-il en plaquant ses deux mains à la palissade. Et il ne bougea plus du tout.

Il venait de comprendre ce qui illuminait ainsi la cabine : à droite, une caméra sur son pied planté

(1) Littéralement : lettre française. Ce que nous appelons, nous une capote anglaise...

(2) Poissons et frites dans un cornet.

(3) Merde...

dans le sable. Un type penché à l'œilleton et deux autres derrière lui, à côté du projecteur de cinéma. C'était un film.

Mais un drôle de film...

Maintenant, la fille évoluait sur le sable avec la cabine de bains, d'où elle était sortie, en toile de fond. C'était une brune aux yeux gris-vert, très mignonne, à la fois élancée et ronde de partout. Mais elle n'était pas précisément vêtue pour se promener sur une plage anglaise un matin de crachin en avril. On aurait plutôt dit une de ces jeunes ladies d'Epsom en été. Chapeau à voilette, un de ces célèbres bibis extravagants que seules les élégantes anglaises osent porter : une pâtisserie de gros nœuds, rose et vert acide. Plus bas, une veste de tailleur en soie à courtes manches bouffantes rose bonbon, et une jupe plissée très sage. Elle portait un grand sac blanc au bras et elle paraissait se moquer éperdument du froid et de la pluie !

Et puis, il y avait les chaussures. Qui ne collaient pas du tout avec l'élégance du reste de la tenue : des escarpins, noirs et luisants, avec un nœud rose sur le cou de pied. Et d'ahurissantes semelles surélevées, épaisses comme tout Shakespeare en un seul volume et sur lesquelles elle se tordait les chevilles un pas sur deux.

Elle continuait à évoluer en avançant vers la caméra, très cambrée à cause de la hauteur de ses talons, apparemment ravie de se faire filmer en continuant à souffler dans son préservatif de sex-shop ! Pour terminer sa prestation, elle pinça la base de la jolie grosse chose en la tournant avec dextérité entre ses doigts pour la maintenir bien gonflée et, tout près de l'objectif et de profil, elle se mit à l'avaler jusqu'au fond de la gorge, en la faisant aller et venir à toute vitesse.

Le grand blond à droite du cameraman tendit la main :

— Stop !

Les doigts de la fille s'écartèrent et elle partit d'un rire de gorge en tirant tout doucement hors de ses lèvres toujours grandes ouvertes le long bout de caoutchouc flappi à qui son souffle avait donné tant de vaillance. Le cameraman se releva et les trois hommes se mirent à parler. La fille, elle, vérifiait son maquillage dans une glace de poche sortie de son sac.

Derrière sa palissade, Roy Slatter s'était mis à transpirer comme en plein été. Désormais son teckel en avait eu assez de l'attendre et il trottinait dans le sable trempé tout au bout de la plage. Et son maître se moquait bien qu'il fugue ou pas : le tournage avait repris et dans le pantalon du retraité quelque chose commençait à gonfler, gonfler comme la *french-letter* tout à l'heure : la fille entreprenait un strip-tease.

D'abord, elle souleva sa jupe très lentement. Et très haut, jusqu'à ce que Roy puisse voir entre les jarretelles noires. Puis de dos, les jolies fesses bien rondes qui tendaient le tissu. Elle était à trois mètres de lui et il pouvait voir nettement briller ses yeux d'un feu un peu affolant pendant qu'elle se mettait à déboutonner sa veste de tailleur, son sac toujours au bras.

Là-bas, la caméra ronronnait, les trois types ne disaient rien. Le grand blond avait même l'air de s'ennuyer ferme. Et pourtant, la fille était une vraie pro ! Elle déboutonnait un bouton, puis deux, puis elle paraissait prise de regret et s'arrêtait, haletante de « pudeur offensée ». Mais, en même temps, les deux mains gantées écartaient le col jusqu'à dégager les épaules et on voyait apparaître les bretelles noires du soutien-gorge. Et, dans l'échancrure tendue par le dernier bouton, le début des seins soulevés, avec le sillon central où pendait une petite croix dorée au bout de sa chaînette.

Le crachin redoublait, les boucles noires sous le chapeau commençaient à se défaire un peu, mais c'était toujours la même indifférence stupéfiante de la fille. Elle joua des épaules tout en rabaissant la veste jusqu'aux coudes. Le soutien-gorge apparut complètement. Les seins devaient être superbes.

— Vite, vite ! criait Roy Slatter pour lui tout seul.

Et pourvu que personne ne voie ça depuis la route et les maisons là-haut ! Mais non, les types avaient pensé à tout : les cabines de bains étaient surélevées et on ne pouvait rien voir. Sauf de la plage vide. Et de derrière la palissade...

Enfin, les mains gantées se décidèrent à faire sauter le dernier bouton et la fille abandonna la veste dans le sable. Après, elle se mit soudain à danser furieusement, jupe virevoltant très haut autour d'elle, les bras en l'air, échevelée sous son chapeau.

Elle s'arrêta net. Et la jupe retomba. Jusqu'à ce qu'elle l'enlève. Et elle commença par tirer sur la fermeture Eclair dans le dos, pour la faire descendre, doucement, le long de ses hanches, puis sur ses cuisses.

Avant que la jupe ne tombe dans le sable à côté de la veste, il se passa bien cinq minutes. Mais ça y était, les choses vraiment sérieuses allaient commencer : encore quelques pas de cette danse échevelée et les mains gantées s'attaquèrent aux bretelles. L'une après l'autre, elles glissèrent lentement le long de l'épaule avant de retomber sur le coude. Le soutien-gorge s'était un peu alourdi. Maintenant, la fille dégageait des bonnets la double masse laiteuse des globes. Roy Slatter porta douloureusement les mains à son pantalon. Ah... les bouts... Sors les bouts des seins...

Pas question. Elle se remettait à danser. Là, dans le sable, sous le crachin, en sous-vêtements. Puis, comme chaque fois, elle s'arrêta net et chercha la fermeture dans son dos. Elle s'était remise à haleter. Elle se cambrait, elle se penchait, ses seins allaient jaillir. Non, elle se relevait, soudain, rêveuse, immobile.

Et tout à coup, le soutien-gorge s'effondra par terre et là, à trois mètres, une fantastique poitrine apparut enfin, un peu lourde sur la minceur du buste pourtant ouvert d'une grande inspiration, épaules rejetées en arrière, cambrée. Les seins tremblaient un peu. Les pointes dardées étaient fardées de rouge.

La fille sauta en l'air brusquement et ce fut comme si les deux globes de chair s'envolaient. Elle sautait, elle retombait, les seins s'envolaient et rebondissaient de tout leur poids. Ils commençaient à luire sous la pluie. Stop. Elle arrêta le petit jeu et les mains gantées se mirent à frotter les seins comme pour les essuyer, puis ils les soulevèrent, les agitant par en dessous de la paume, les offrant à la caméra, penchée en avant, les rapprochant l'un de l'autre, les écartant. Les cachant précipitamment comme celle qu'on a surprise. Stop. Et une petite gâterie à la caméra : les pointes des seins prises entre pouce et index et qu'on tire, en avant et en l'air comme pour les offrir au ciel. Stop. Les seins retombaient. Les doigts revenaient, pinçaient, tordaient, caressaient. Stop.

Au slip, à présent.

Ce fut aussi lent et savant que pour le soutien-gorge, et à la fin, Roy n'en pouvait plus : la créature échevelée sous son chapeau et qui dansait de nouveau en bas et porte-jarretelles, était épilée ! Et quand elle offrait son ventre, cuisses écartées, seins projetés en avant d'un coup sec, on voyait tout son sexe haut fendu et peint en rouge.

Stop. La fille arracha son chapeau d'un geste vif et ses cheveux dégoulinèrent sur son visage. Puis elle ôta ses gants et tomba à genoux dans le sol, cuisses écartées. Elle avait un drôle de bracelet au poignet gauche : en tissu multicolore.

Et sa main droite se projeta entre ses cuisses, pendant que la gauche se portait de nouveau à ses seins.

Là, Roy Slatter réprima un gémissement sourd et en trois secondes, il sortit son membre. Et il n'y eut plus, derrière la palissade, qu'un retraité voyeur qui se masturbait, l'œil rivé sur la fille scandaleuse, luisante de pluie, et qui se caressait ventre et seins devant une caméra pour finir par s'effondrer à plat ventre dans le sable trempé, visage tendu vers la caméra, bouche grande ouverte et langue sortie.

Après, tout alla très vite. Le cameraman et le grand blond allèrent porter caméra et projecteur dans une Jaguar vert pomme garée au-dessus des cabines de bains. Le troisième, un gros chauve rougeaud, ramassa les vêtements de la fille qui se relevait, enduite de sable, en lui jetant au passage un imperméable qu'elle enfila mécaniquement avant de se tordre les chevilles en le suivant vers la voiture. Elle frôla la palissade et le retraité put voir que ses épaules étaient secouées de frissons et que ses dents claquaient. Puis des claquements de portières, le grondement d'un démarrage rapide, et plus rien.

Roy Slatter s'essuya le visage à deux mains. Dessaoulé. Pris d'une honte subite.

— *Shit!* ragea-t-il.

Et à peine sorti de derrière sa palissade, il se mit à courir vers la mer en appelant son chien à pleine voix.

Maintenant, c'était Cardiff, de l'autre côté de l'estuaire, qui se noyait dans le crachin. Entre le côté gallois et ici, un arc-en-ciel avec Steep Holm et Flat Holm comme points d'appui. Le soleil était revenu, le temps d'une trouée de ciel bleu entre deux nuages.

La *french-letter* à l'extrémité bizarre luisait, toute molle, dans une flaque d'eau avec des crabes qui couraient déjà vers elle.

Roy Slatter se pencha au passage et il la ramassa pour l'enfourner vite fait bien fait dans sa poche, avant de reprendre sa course vers son teckel.

Souvenir de ce qu'il avait vu.

Souvenir aussi de sa folle jeunesse, au temps des virées avec les copains dans des lieux mal famés où les putains qui veulent vraiment jouir d'un beau client lui tendent une *french-letter* spéciale en cadeau avant la passe.

Ça se dit aussi « souvenir », en anglais.

***

Quand on vient de Weston-super-Mare et qu'on veut aller à Bristol ou seulement traverser la ville le plus court chemin passe par le pont de Brunel. Celui construit au milieu du siècle dernier sur les plans de l'ingénieur du même nom, mort avant la fin des travaux. Il permet d'enjamber la faille de Clifton Sorge, taillée par la rivière Avon dans le calcaire local, et ce fut le premier pont suspendu du monde.

Le conducteur de la Jaguar vert pomme ralentit pour s'engager dans le sas menant à la barrière mobile signalant le péage du pont de Brunel. Il tendit la main vers son voisin, le gros rougeaud. Le grand blond était assis derrière avec la fille. Recroquevillée sur elle-même dans son imperméable mastic. De plus en plus agitée de tremblements.

— *Money, please.* Fit-il.

Le cameraman se fouilla à la recherche d'une pièce. Il finit par trouver :

— *Fantastic, no ?*

De toute évidence, il ne parlait pas de la pièce toute neuve luisant entre ses doigts.

Les bonnes joues pleines et couperosées du conducteur se plissèrent dans un sourire :

— Pas mal du tout. Le boss va être content.

Il attrapa la pièce en rigolant :

— Et *shit* pour l'épouvantable rhume qu'elle a attrapé ! Ça valait le coup.

Il jura encore : il s'était rangé trop loin de la fente où on glisse les pièces du péage. Il fallait tendre le bras à s'arracher l'aisselle sur le métal de la portière.

— *Shit, shit !*

La pièce lui avait échappé des mains et maintenant, il l'entendait tinter sur le macadam. Et sous la bagnole, bien sûr.

— Tu peux m'en donner une autre ?

Le cameraman avait beau fouiller, il ne trouvait rien. Le gros rougeaud s'empourpra encore plus.

— OK, j'y vais.

En sortant, il agita les bras vers les trois voitures suivantes :

— *One moment, please !*

Le *drizzle* avait recommencé : la chaussée était trempée. Le gros jura encore en se glissant à quatre pattes entre la carrosserie et le trottoir. Et en plus, la pièce avait roulé jusque sous le milieu de la Jaguar.

A l'arrière de celle-ci, la fille s'était brusquement soulevée sur les mains. Son imper s'ouvrit et on voyait tout ce sable gris encore collé à ses seins aux pointes fardées. Son maquillage coulait sur ses joues, comme son rouge à lèvres sur le menton. Ses dents claquaient de plus belle mais ce n'était plus à cause du froid. Pas par charité, mais parce qu'il ne faut pas que la marchandise attrape une pneumonie, ils avaient mis le chauffage à fond en quittant le front de mer, à Weston.

La fille se jeta en avant, mains crochées à l'appuie-tête du conducteur en reptation sous la voiture. Elle haletait, mais vrai, cette fois. Ses seins lourds et ensablés se balançaient dans l'ouverture de l'imper.

Elle avait les yeux hors de la tête. Là-bas, de l'autre côté de la barrière du péage du pont de Brunel, une pancarte sur le pilier gauche en brique du pont suspendu : L'appel des « Samaritans » (1) : « Vous qui voulez mourir, appelez-nous avant de sauter. Nous sommes là pour vous aider à reprendre courage vingt-quatre heures sur vingt-quatre. » Et le numéro de téléphone...

Le grand blond la tira en arrière par l'épaule droite :

— Ça suffit comme ça ! Tu veux la fessée tout à l'heure ?

La fille frémit comme si elle avait mis le doigt sur un fil électrique dénudé et elle se radossa sagement sur le cuir fauve du dossier en refermant son imper à deux mains. Derrière la Jaguar, un premier coup

(1) L'équivalent anglais de notre « SOS Suicide ».

d'avertisseur, puis toute une succession. Pas très british de s'énerver, mais avec le percement du tunnel sous la Manche, les mauvaises mœurs continentales commençaient déjà à s'introduire jusqu'à Bristol...

Le gros rougeaud devait ramper sous la bagnole.

La fille releva lentement la tête. La pancarte, là-bas... L'appel des « Samaritans »... Le pont de Brunel sur la rivière Avon... Le pont des suicidés ! Les gens de la région signaient pétition sur pétition pour qu'on installe des grillages de protection mais en vain. La rambarde de briques, c'était enfantin de l'enjamber ! Et après, le vide. Avec la surface du globe terrestre très loin au-dessous. Suffisamment loin pour mourir tout de suite après avoir hurlé de panique tout le temps de la chute...

Qu'est-ce qui se passait en elle ? Pourquoi avait-elle comme un sentiment de reprendre conscience ? Mais après quoi ? Que s'était-il passé depuis son dernier véritable souvenir ? L'aéroport de Bristol... Et ce couple souriant de l'autre côté de la douane... Le dîner en famille. La jolie chambre où on se glisse dans les draps, tout émue...

Et le trou noir !

Jusqu'à maintenant, dans cette voiture inconnue !

Et avec ces inconnus !

Elle se tassa sur elle-même. Ça y était. Ça revenait. La plage... Le crachin et le froid qui dessaoulent soudain quand on est nue à plat ventre dans le sable. Pourquoi ? Et qu'est-ce qui s'est passé avant ? Qu'est-ce qui s'est passé depuis qu'elle s'est endormie dans un lit douillet, bordée par un couple souriant, le soir de son arrivée à l'aéroport de Bristol ? Ça revenait. Oui... Ça remontait... Le verre d'orangeade à boire quatre fois par jour... Et chaque fois, cette délicieuse envie de dire oui à tout ce qu'on lui demandait...

Et là-dessus, le crachin glacé. Le crachin et le froid qui font reprendre conscience avant l'heure prévue du prochain verre d'orangeade !

Et tout à coup, la reprise totale de conscience !

Le souvenir, absolument net jusqu'aux moindres détails, de ce qu'elle avait fait tout à l'heure sur la plage devant la caméra !

⁂

Il y eut comme un hurlement de louve, tellement suraigu que le grand blond, tétanisé, laissa bien passer dix secondes avant de réaliser.

Trop tard.

La brune avait jailli comme une furie hors de la voiture, aussitôt bloquée par la ceinture de son imper accrochée au passage dans la poignée intérieure de la portière. Elle essaya de se dégager à toute vitesse. En vain. Déjà, le grand blond avait attrapé la manche.

Alors, la fille poussa un nouveau hurlement de bête et elle arracha à l'imper son corps nu ! Son corps en porte-jarretelles et chaussures de putain ! Son corps roulé dans le sable qui lui collait encore aux seins, au ventre et aux cuisses ! Son corps volé par des salauds !

Volé ! Volé !

Comme sa fierté et son âme !

Ils étaient deux maintenant à courir derrière cette folle nue au ventre épilé devant qui s'écartaient, terrorisés, les piétons du pont de Brunel. Mais elle ne se tordrait plus jamais les chevilles sur ses semelles surélevées.

Ils eurent juste le temps, comme les autres, de

voir, dans le soleil revenu entre deux nuages et deux *drizzles*, la fente adorable de son sexe épilé entre les jolies fesses rebondies et, un peu plus haut, le balancement des seins lourds aux pointes fardées, quand elle enjamba la rambarde de briques.

Après, il n'y eut plus qu'un cri de terreur à briser les tympans.

Et plus rien, subitement.

Sauf deux énergumènes qui galopent vers une Jaguar vert pomme en écartant les gens à coups de poing.

— *Let's move out of there!* (1) hurla le grand blond en arrachant par le col le gros rougeaud toujours à la recherche de sa pièce sous la Jaguar.

Quinze secondes plus tard, la barrière explosait sous le choc du mufle de la Jaguar.

Et un peu de peinture verte dégoulina en écailles sur le macadam luisant de pluie. Là-haut le soleil revenait. Les gens couraient se pencher à la rambarde du premier pont suspendu de l'histoire.

⁂

Jane Slatter rectifia sur son crâne ses éternels bigoudis du matin au-dessus de sa tasse de thé fumante.

— Tu as lu ? *It's frightfull* (2) !

Son mari laissa dévorer jusqu'au bout des doigts le petit gâteau sec qu'il tendait, sous la table, à Greenpea.

Son teckel, retrouvé hier in extremis au bord de la falaise en bout de plage.

— Qu'y a-t-il ?

(1) On se tire d'ici !
(2) C'est affreux.

Il s'essuyait les doigts enduits de salive à sa serviette à fleurs. Dehors, à travers le « bow-window (1) » de leur trois-pièces de retraités à Weston-super-Mare, on voyait la mer au loin. Les deux rochers : le haut et le plat. Et Cardiff au loin sous l'arc-en-ciel du matin.

Et puis, tout près, la plage à marée haute. Vagues battantes à ras de la cabine de bains où...

Jane retourna posément le *Daily Mirror*, édition locale.

— Regarde. Elle est jolie, non ?

Roy Slatter attrapa ses lunettes de presbyte et les enfourcha sur son nez.

— *Shit...*, fit-il dès qu'il eut vu la photo en page une.

Jane s'empourpra :

— Roy... *please... Be polite !...*

Il se voûta :

— Tu as raison. *It's frightful ! Really.*

Il répétait : *Frightfull... frightful.*

Et il luttait en même temps pour que ses mains arrêtent de faire trembler le journal qu'elles tenaient, mais il n'y parvenait pas.

La photo. La photo de la fille qui s'était jetée hier du pont de Brunel !

Jane se pencha :

— Roy ?

Il n'entendait rien.

— Roy ? Elle était jolie, d'accord, mais elle est morte, non ?

Le retraité toujours vert qui n'avait plus que sa main pour rêver, releva la tête vers son

(1) Avancée de fenêtre en arc-de-cercle. Typique du living-room anglais.

épouse ménopausée bien avant la ménopause. Son épouse à visage de ragondin sous les bigoudis.

— Oui ? fit-il.

Et ses yeux replongeaient vite vers le début de l'article qui annonçait déjà la suite et qu'il avait attrapé d'un coup d'œil : la suicidée s'était ratée. Le coup classique à marée basse. Dans la rivière Avon, la marée remonte jusqu'à Bristol, où il a fallu installer une écluse pour le port depuis toujours.

Tout le monde ici le sait : les suicidés du pont de Brunel à marée haute s'écrasent dans les eaux du jusant, le flot remontant, comme sur du béton.

Les suicidés de la marée basse s'enfoncent dans la vase découverte comme dans un matelas.

Il replongea le nez dans l'article et c'est seulement au bout de celui-ci qu'il sut que la fille aux seins fastueux et au ventre épilé n'était pas morte.

Elle n'avait toujours pas repris conscience sur son lit, à l'hôpital de Bristol. Mais elle n'avait pas la moindre fracture après une chute de trente yards (1).

Il se leva :

— C'est l'heure de promener Greenpea.

Le teckel jappait contre son mollet, l'air de dire :

— Allez, mon vieux, on y va. Mais si tu crois qu'on va retomber sur une distraction comme hier, tu te fourres la patte dans l'œil !...

***

De sa fenêtre, Jane Slatter regarda longuement son mari disparaître avec Greenpea derrière les cabines de bains de la plage de la station balnéaire

(1) Un peu moins de vingt-huit mètres.

où ils avaient acheté un trois pièces dans une résidence du troisième âge pour leur retraite.

Et elle s'enlevait pensivement un à un les bigoudis du crâne. Pourquoi son mari gambadait-il comme ça sous le crachin sur la plage ?

Qu'est-ce que ça cachait ?

Elle fonça jusqu'au bureau de Roy, au bout du living. Et elle ne mit pas longtemps à dénicher dans un de ses dossiers le truc qui gonflait anormalement la couverture.

C'était plein de sable.

C'éait en caoutchouc ultra-fin. Sauf l'extrémité qui ressemblait à un oursin dont les épines seraient des protubérances molles de caoutchouc.

Jane Slatter remit le truc en place et elle retourna au *bow-window.*

Là-bas, derrière les cabines de bains, son mari, avec des jambes de vingt ans, courait dans le sable après Salomon. Elle retourna au living et elle attrapa le journal.

La fille de la photo était brune, lèvres pulpeuses, yeux gris à cils longs. Dix-huit ans au plus.

Jane ferma les paupières à se les bloquer en reposant le journal sur la table du petit déjeuner :

— Roy m'a trompée tout le temps de notre union... Roy adore les brunes... *All right,* il a soixante-quinze ans, mais tous les matins, il court quinze kilomètres avec Salomon...

Question : est-ce qu'il y avait un rapport entre Roy, la fille brune de la couverture du *Daily Mirror,* édition Bristol et la *french-letter* trouvée sous la couverture du dossier d'assurances-vie de son mari ?

Jane termina de s'enlever ses bigoudis et maintenant, avec ses boucles toutes fraîches, elle pouvait faire croire qu'elle avait quinze ans de moins. Elle secoua tout ça avec des doigts prestes devant la glace, puis elle retourna se poster au *bow-window*.

Roy courait dans le sable, précédé de Greenpea. Le vieux jogger parfait. Digne. Insoupçonnable.

— Je suis folle, murmura-t-elle. Folle !

L'image de la *french-letter* mystérieuse la retraversa et elle alla se planter de nouveau devant la glace. Le soleil qui lui avait illuminé le dos tout le temps de ses six ou sept pas s'éteignit comme une chandelle. Un gros nuage nouveau... Et quand elle fut face à la glace, elle se trouva toute grise, dans son trois pièces pour la retraite de Weston-super-Mare, au sud de Bristol, face au pays de Galles de l'autre côté de l'estuaire.

Ce n'était plus elle qu'elle voyait dans la glace. Mais la *french-letter* cochonne.

Et son mari joggant sur la plage comme un jeune homme.

Et la photo de la « suicidée ».

Jane se redressa comme on se cabre :

— *Shit*, grimaça-t-elle. Il faut que je tire tout ça au clair.

CHAPITRE II

Dans l'édition londonienne du *Daily Mirror*, le plus grand quotidien anglais, celui qui se vend à Paris, l'affaire de la suicidée de Bristol n'était pas en première page, mais en troisième, tout de même.

Et avec la photo de l'inconnue sur trois colonnes.

Aimé Brichot releva sur son nez ses lunettes de myope léger et se pencha, concentré, sur le titre. Derrière lui, dans le bureau des Affaires Recommandées, Tardet se battait en jurant avec une touche récalcitrante de sa machine à écrire.

— *Shut up !* (1) grogna Brichot. Tu me disturbes.

Depuis huit jours, il avait décidé d'apprendre l'anglais. De plus en plus indispensable dans les rapports avec les flics des autres pays. C'était sûr : en 1992, l'anglais serait devenu la langue de l'Europe. Et c'est pour ça aussi qu'il avait décidé d'acheter tous les jours un quotidien d'Outre-Manche.

Tardet avait fini par libérer la touche. Bon, juste le bruit d'un rapport que tape le voisin, ce n'est pas *disturbing*, on a l'habitude.

Le problème, c'était le titre. Ce qui avait tiré l'œil

(1) Tais-toi !

de Brichot, c'était, dedans, les mots : *Suicide of a nude girl.* Facile à comprendre : suicide d'une fille nue. Mais avant le mot *suicide,* il y avait l'adjectif : *amazing.*

Là, ça ne collait plus : en quoi un suicide peut-il être amusant ? Il ouvrit son tiroir et sortit son petit lexique anglo-français en se mouillant l'index avant de feuilleter.

Ah, voilà *amazing* : stupéfiant. Mince, ils étaient bizarres, les Anglais... Pourquoi ne pas dire *stupefious,* par exemple ? Ça faciliterait le boulot.

Du coup, il s'attaqua au sous-titre : *A 30 yards fall from Bristol Bridge and she is alive with no injuries at all !* Bon, plus facile : trente yards, ça fait environ 28 mètres. Donc la fille nue avait fait une chute de vingt-huit mètres depuis le pont de Brunel et elle était en vie sans aucune injure.

Injure ? Pourquoi injure ? Sûr, encore un traquenard linguistique des Rosbeefs. Re-lexique... *Of course, my dear,* je te l'aurais parié : injury, en anglais, ça veut dire : blessure.

Du coup, ça devenait très intéressant, tout ça. Une fille à poil qui fait vingt-huit mètres de chute sans se blesser, on ne voit pas le cas tous les jours. Aimé Brichot s'attaqua à l'article, lexique à portée de main.

— Quoi ? Qu'est-ce qui se passe ? s'écria Aimé Brichot en sursautant.

Un athlète brun aux yeux noirs jais se penchait vers lui, mains puissantes et fines à la fois posées sur le bureau.

Boris éclata de rire :

— Eh bien, dis donc, ça te passionne à tel point, ton journal, pour ne rien entendre quand un pote te fait le salut du matin ?

Brichot gratta sa fine moustache taillée tous les jours aux ciseaux à bouts ronds.

— C'est le truc, là. Cet article. Le titre, j'ai fini par piger. Mais le texte, alors... Du chinois.

Il retourna le journal.

— Tiens, toi qui parles couramment le rosbeef, tu peux me traduire ?

Boris attrapa le *Daily Mirror* et ses yeux se mirent à aller et venir rapidement. Ça ne dura guère plus d'une minute et puis :

— Je te résume. A Bristol, il y a un pont, le plus vieux pont suspendu du monde. Environ cent cinquante ans. Il enjambe l'Avon qui coule une trentaine de mètres plus bas. Il y a un péage pour traverser. Donc, les voitures sont obligées de s'arrêter. Soudain, une fille a jailli de la première voiture de la file, une Jaguar verte. Toute nue, à part un porte-jarretelles, des bas et des chaussures à semelles surélevées, et elle a couru enjamber le parapet avant que les trois occupants de la bagnole puissent la rattraper. Après, ils ont refoncé vers leur voiture et ils ont pris la fuite en défonçant la barrière du péage.

Puis il expliqua la raison du miracle. Le coup de la vase qui fait matelas à marée basse. La fille avait eu la chance d'atterrir en croix sur le dos. Mais elle était toujours inconsciente à l'hôpital et on ne savait rien d'elle. C'est pour ça que les journaux passaient sa photo. Au cas où un lecteur la reconnaîtrait. Suivait un bref signalement donnant la taille (cinq pieds six pouces, soit environ un mètre soixante-cinq, le poids (cent vingt livres, soit environ cinquante-quatre kilos), la couleur des cheveux (marron foncé) et des yeux (gris-vert).

Et c'était tout, à part la mention d'un bracelet de coton au poignet gauche.

— Je les plains, les collègues anglais, soupira Boris. Pas grand-chose à se mettre sous la dent pour l'identifier.

Aimé Brichot hocha la tête :

— C'est une histoire de maquereaux et de prostituée en route pour une punition telle qu'elle a préféré mourir, c'est sûr...

Boris observait toujours le visage de la fille aux yeux grand ouverts, fixes, comme encore épouvantés. Elle était brune, très jolie, avec de belles lèvres pulpeuses. Vingt ans au plus.

— Oui, fit-il, sûrement ça. Leur *Vice Squad* (1) doit être déjà en chasse...

Il se tut et resta une trentaine de secondes sans bouger avant de retourner le journal vers Brichot :

— Mémé, tu ne trouves pas qu'elle n'a vraiment pas l'air d'une prostituée ? On dirait une lycéenne. Presqu'une gamine...

Brichot se pencha sur la photo :

— Tu as raison. C'est bizarre...

Il parcourut de l'index l'article :

— Où est-ce qu'ils parlent du bracelet en coton ? Tu peux me traduire ça en détail ?

Boris fronça les sourcils :

— Pourquoi ?

— Un truc qui me passe par la tête, je t'expliquerai.

Boris s'exécuta : le bracelet de coton était fait de tresses multicolores aux couleurs passées, et tout effiloché. Il releva la tête :

(1) L'équivalent de la Brigade Mondaine.

— Alors, ton idée ?

Son équipier le fixa :

— C'est drôle : exactement le même que ceux de Rose et Colette... Tu ne les as pas vues depuis un mois, les jumelles. Elles sont revenues un jour à la maison avec ça au poignet. Il paraît que c'est la grande mode en ce moment chez les jeunes. Ils appellent ça un bracelet brésilien.

« Le jour où on se le noue, on fait un vœu et on ne le quitte plus jusqu'à ce qu'il finisse par s'user et tomber de lui-même. Et alors, le vœu se réalise.

« Jeannette voulait leur faire enlever ça tout de suite, mais elles ont tellement braillé qu'on a abandonné. Exactement le même bracelet que cette fille... Ça me fait bizarre, tu comprends ?

Boris le fixa :

— Oui, je comprends...

Il sortit son carnet d'adresses et se mit à le feuilleter. Ses yeux noirs s'étaient subitement allumés. Il attrapa son téléphone et pianota les chiffres.

— Qu'est-ce qui t'arrive ? fit Brichot, intrigué. Qui tu appelles ?

Boris lui fit de la main ce signe qui veut dire : Minute, tu vas savoir tout de suite, et puis :

— Allô, Marie-Paule ? C'est Boris. Je te dérange ? Merci. Dis-moi, tu t'occupes toujours de la rubrique « Jeunes » à *Cosmo* (1) ?... Parfait. Tu vas peut-être pouvoir m'aider.

En même temps, il tendit l'écouteur à Aimé Brichot.

— Je t'expliquerai après, reprit-il dans le téléphone, mais parle-moi un peu de ce nouveau bra-

(1) Le mensuel féminin *Cosmopolitan*.

celet à la mode chez les jeunes. Le truc en tissu tressé qu'on appelle un bracelet brésilien.

A l'autre bout du fil, la voix de la journaliste était chaude et enjouée : Oui, la mode de ce bracelet était arrivé en France depuis quelques mois, venue du Brésil, bien sûr. Puis elle entreprit l'histoire du vœu. Boris la coupa :

— Excuse-moi, Marie-Paule, je suis au courant. Mais ce que je voudrais savoir est précis : A ta connaissance, c'est à la mode aussi, à l'étranger ? Je veux dire : dans toute l'Europe, par exemple ?

— Oui, bien sûr, fit Marie-Paule.

Boris serra les mâchoires.

— Ah... évidemment... dommage...

— Attends une seconde, reprit la journaliste. Oui, beaucoup de jeunes d'Europe en portent. Mais pas depuis le même moment. C'est d'abord par la France que la mode est arrivée. En Allemagne, en Italie ou en Angleterre, par exemple, ça n'a commencé qu'au début de l'année, bizarrement.

Boris se contracta :

— C'est très important pour moi, Marie-Paule. Ecoute-moi bien.

Il raconta brièvement l'affaire de l'inconnue du pont de Brunel avec son bracelet brésilien au poignet gauche. Et puis :

— D'après l'article, l'examen médical de la fille tend à prouver qu'il s'agirait d'une prostituée de longue date. Les détails ne sont pas donnés, bien sûr, par le journal, mais il ne faut pas être bien malin pour comprendre.

« En revanche, il est bien précisé que les couleurs des tresses de coton du bracelet brésilien sont passées. Et que le bracelet est tout effiloché.

Il marqua un temps d'arrêt :

— Combien de temps ça met, à tomber tout seul, un bracelet brésilien ?

A l'autre bout du fil, la journaliste eut un petit rire.

— Toujours aussi Sherlock Holmes, beau flic... Je te vois venir gros comme une maison. OK, tu l'as trouvé, ce que tu voulais savoir : le tissu ne résiste jamais plus de huit à dix mois. Rarement un an. Donc, ton inconnue le porte depuis au moins l'été dernier. Et donc, il y a toutes les chances pour que ce soit une Française, n'est-ce pas ?

Aimé Brichot regarda sa « flèche » de biais : Boris souriait comme un carnassier, canines dehors.

— Exact, Marie-Paule, fit-il. Exact... Tu es au journal jusqu'à ce soir ? Très bien. Le temps de faire une petite enquête et je te rappelle.

— Pour m'inviter à dîner ? fit la journaliste de sa voix chaude.

Boris rit :

— Pourquoi pas ? Mais pour te dire aussi, peut-être, le nom de la fille.

A peine raccroché son combiné, il se tourna vers Aimé :

— Merci, vieux frère, de t'être mis à apprendre l'anglais. Maintenant, direction les RIF (1) et fais une prière pour que notre jolie brunette y soit au fichier.

*
**

Le nouveau truc anti-tabac du commissaire divisionnaire Charlie Badolini, patron de la Brigade

(1) Recherches dans l'Intérêt des Familles. Le service est installé au 3e étage, escalier F, de la Caserne de la Cité de la Préfecture de Police.

Mondaine, lui donnait l'air d'une star du cinéma muet qui aurait le crâne sévèrement déplumé.

Le tout dernier modèle des fume-cigarettes à cartouche capable d'absorber au passage les goudrons de la nicotine. Un tuyau long de quinze centimètres, ce qui en faisait plus de vingt en tout avec la cigarette.

Boris réprima un sourire en entrant avec Brichot sur ses talons : le patron n'était pas du tout du genre qui a de l'humour. Charlie Badolini leur désigna du menton les deux fauteuils en face de son bureau Empire. Résultat : comme il avait son fume-cigarettes aux lèvres, la cendre au bout de la cigarette sauta en l'air avant de faire un vol plané en arrière pour s'écraser sur la cravate de son propriétaire.

Petit silence en s'époussetant du dos de la main, puis :

— Bon, qu'est-ce qui vous amène ? fit Charlie Badolini, sévère.

Boris lui tendit la page trois du journal payé par Aimé de ses propres deniers.

— Cette photo sur trois colonnes et l'article qui l'accompagne.

Il attendit, charitablement : le chef de la Brigade Mondaine parlait couramment le corse, mais pas l'anglais.

— OK, finit par grommeler celui-ci. Traduisez-moi.

Petit topo clair, net et précis et puis la main de Boris se tendit de nouveau. Avec, cette fois, une autre photo entre pouce et index. La photo changea de main par-dessus le cuir fauve doré au fer du bureau du Mobilier National.

— Ça alors ! s'exclama Charlie Badolini. Mais c'est la même fille ! Aucun doute possible !

Il releva le nez, les yeux ronds.

— Les Anglais ne l'ont pas identifiée. Et vous, vous l'avez fait en cinq secs d'ici ! Chapeau ! Comment vous y êtes vous pris ? Ils ont appelé ?

Boris secoua la tête :

— Non, patron. L'inspecteur Brichot a décidé d'apprendre l'anglais. Alors, il achète tous les jours le *Daily Mirror*. C'est tout. Enfin, pas tout à fait. Je vais vous expliquer.

A la fin, les yeux de Charlie Badolini s'étaient faits tout doux. Son équipe reine, sa préférée de la section des Affaires Recommandées. Les deux flics si dissemblables, le grand sosie d'Alain Delon et le petit maigre à moustaches et lunettes Amor. Ceux qu'il appelait par leur prénom dans l'intimité du dîner d'anniversaire de Charles, fils d'Aimé, son filleul, et de Rose et Colette, sœurs de Charles et filleules de Boris.

— Chapeau, reprit-il. Vraiment...

Il se leva et se mit à arpenter la moquette sur ses mocassins niçois à talonnette.

— Ce sont les Rosbeefs qui vont être épatés. Vous leur rendez un fier service. Ils vont trouver les macs les doigts dans le nez.

Boris soupira :

— Hélas non, patron. C'est beaucoup plus compliqué que ça.

Il se tourna vers son équipier :

— A toi de raconter, Mémé.

Il y eut un index qui remonta mécaniquement les lunettes sur le nez, puis qui redescendit gratouiller la moustache dans un rapide aller-retour de l'ongle, à frôler le bout du nez au passage. Et puis rien. Sinon un petit chauve incapable de parler.

— Allez, Mémé, vas-y, fit doucement Boris, ému. Je sais que tu penses à Rose et Colette quand elles seront grandes, mais il faut oublier ça.

Brichot se redressa :

— Excusez-moi, mais si vous les aviez vus, les parents, comme je les ai vus tout à l'heure à Jouy-en-Josas. La maman qui pleurait doucement sans bruit. Et le papa, muet, les yeux fixés sur la photo.

Il se mit à crier :

— J'étais bien obligé de leur montrer le journal ! Ne serait-ce que pour être sûr que c'était bien elle ! Mais le père est instituteur et il connaît l'anglais. Il a tout lu. Tout pigé ! C'était affreux, vous comprenez, de les voir tous les deux, elle qui pleurait et lui qui ne disait plus rien, dans leur petit appartement de la cité des Lilas, sur les hauteurs de Jouy-en-Josas, à côté de l'école HEC ! Et il y avait la photo de leur fille sur la cheminée. Tellement ressemblante...

Charlie Badolini n'avait plus du tout envie d'en griller une, même passée au filtre sadique anti-drogue du tabac. Il posa ses mains bien à plat sur son bureau et, appelant pour la première fois en service le père de son filleul par son surnom :

— Mémé, je vous en prie, reprenez-vous...

Le « Mémé » fit sur Aimé Brichot l'effet d'un électrochoc. Et il redevint flic, flic et rien d'autre à la seconde.

Il se mit à débiter son rapport d'une voix rapide.

La petite Française nue du pont de Brunel s'appelait Brigitte Hentier et elle avait dix-huit ans plus trois semaines quand en septembre de l'année dernière, elle avait répondu à l'offre affichée au tableau de l'école de la rue Saint-Charles à Paris, où elle s'était inscrite pour un BTS de Relations publiques.

Elle avait raté son bac et l'école coûtait cher. Alors, elle n'avait pas voulu donner suite, pour ne pas grever le budget familial : elle avait quatre frères et sœurs derrière elle.

Elle avait fait le raisonnement suivant : pourquoi ne pas partir un an comme fille au pair dans une famille anglaise ? Au bout d'un an, avec un minimum de travail, elle aurait trouvé une place de vendeuse bilingue à mi-temps pour pouvoir se payer elle-même son BTS. Elle était jolie, elle ne devrait pas avoir de mal à trouver un job bien payé, même à mi-temps.

Elle avait donc écrit à l'adresse indiquée. L'annonce était envoyée par un organisme qui paraissait tout ce qu'il y a de plus officiel. Son père était même aller vérifier à l'ambassade d'Angleterre, rue du Faubourg Saint-Honoré, à Paris. Le « National French-British Friendship (1) », c'était du sérieux.

Alors, les parents n'avaient pas fait attention à un détail : l'adresse où il fallait faire offre de candidature de fille au pair n'était pas celle du siège londonien. Mais celle d'une filiale, à Bristol, sur la côte Ouest.

La réponse était arrivée, tapée en anglais sur le premier feuillet, puis en français sur le deuxième. On demandait de remplir le questionnaire joint, en français.

Et d'envoyer une photo.

Charlie Badolini ne bougeait plus du tout.

— Une photo... Inutile de me raconter la suite. J'ai tout pigé. Cette Brigitte est jolie comme un cœur... La « filiale » de Bristol... Du papier à en-tête, ça s'imite. Rien de plus facile.

Brichot approuva.

— Oui, patron, vous avez deviné. Comme par enchantement la réponse est arrivée pratiquement par retour du courrier.

La soi-disant branche de Bristol du « National

(1) Friendship : amitié.

French-British Friendship » avait trouvé une famille rêvée pour Brigitte. Un couple d'enseignants, comme par hasard, avec une fille de dix-sept ans avide d'apprendre le français. Pas de gosses à torcher, vous comprenez ?... Ça a été la joie chez les Hentier : en plus, la famille offrait vingt livres d'argent de poche à Brigitte par semaine (l'équivalent de deux cents francs).

Boris tendit la main en serrant les mâchoires :

— Il y avait jusqu'au nom de la famille d'accueil et son adresse. C'est odieux quand on pense à ce qui s'est passé après... John and Mary Felicity, 5 Featherbed Lane, Hights of Bristol.

Felicity comme bonheur.

Et Featherbed Lane, c'est très joli. Très poétique. Ça veut dire, mot à mot : chemin du lit de plumes...

Aimé Brichot sauta dans son fauteuil :

— Ils se sont tous précipités sur le dictionnaire dans la famille ! Felicity qui veut dire bonheur. Et l'adresse : chemin du lit de plumes !

« La maman se tordait les mains en me racontant : ils riaient tous les trois. Quel bon présage de séjour heureux en Angleterre pour Brigitte !

Charlie Badolini se fit craquer les jointures de la main gauche une à une puis celles de la main droite.

— Et c'est là, j'imagine que Brigitte s'est noué au poignet son bracelet brésilien en faisant le vœu que tout se passe bien en Angleterre ?

Brichot serra les dents :

— Oui, patron...

— Et après ? reprit le chef de la Brigade Mondaine.

Aimé Brichot rectifia son nœud de cravate. Une cravate ultra-british : vert acide sur une chemise à carreaux rouge et verte, au milieu d'un faux tweed écossais acheté en douce au fond d'une boutique pas nette du quartier du Marais, mais l'anglomanie fait faire des folies aux dingues de l'élégance rosbeef.

— Brigitte a atterri le 27 septembre à 18 h 30 à l'aéroport de Bristol, dit-il.

C'était juré, craché qu'elle téléphonerait dans la soirée.

Elle a téléphoné.

Délirante. Famille merveilleuse et tout et tout. Mais elle ne pouvait rien dire sur Jane, la fille et la mère étaient parties pour un voyage de deux jours en Irlande.

Il se mangea la moustache avec les dents de dessous.

— Après, plus rien.

Charlie Badolini enfourna sa Celtique maïs dans le fourneau de sa machine infernale à dégoûter les fumeurs. Clac, fit le briquet, et il s'échappa des poumons avides du patron de la Brigade Mondaine un misérable nuage pratiquement invisible. Boris observait son boss : pourquoi ne pas se limiter à cinq sèches maximum par jour ? Au moins, il aurait cinq fois cinq minutes de plaisir. Au lieu d'avoir quarante fois cinq minutes de grève de la faim...

Le fume-cigarettes de star du temps du muet s'agita. Et toc, encore un petit cylindre de cendre grise qui fait son saut périlleux, direction la cravate à pois à la mode d'il y a quinze ans...

La cendre était encore chaude, cette fois : trou dans la cravate.

« Ne t'agite pas comme ça du poignet, patron, songea Boris in petto. Un trou, dans une cravate à pois rouges et noirs, ça ne fait qu'un trou noir de plus... »

Il tourna la tête de côté, vers la fenêtre et, tout comme Brichot, s'abîma dans la contemplation du ciel parisien : on ne doit jamais voir un patron en état d'infériorité.

— Je vous parle, à la fin ! jeta nerveusement Charlie Badolini.

Il crevait visiblement d'envie de fumer le plus gros des cigares de la Havane d'une seule aspiration pour rattraper tout son retard de nicotine et de goudron depuis cette imbécile décision, ce matin, au bar-tabac en bas de chez lui, d'acheter ce truc ridicule de quinze centimètres de long au prix de cent cinquante francs, plus vingt francs de cartouches.

Boris se précipita :

— La fille a été cueillie à l'aéroport par des comparses. On lui a joué le jeu de l'hospitalité maternelle pour endormir les parents un jour ou deux.

« Puis les Hentier n'ont plus reçu de nouvelles de leur fille.

Plus jamais.

Il se tourna vers Brichot :

— A toi de poursuivre puisque c'est toi qui les as vus pendant que je joignais les collègues anglais.

Aimé semblait broyer du noir. Il pensait probablement à ses filles qui un jour demanderaient de partir en Angleterre au pair.

— Ils ont attendu quinze jours avant d'écrire au siège londonien du « National French-British Friendship ». Réponse, quatre jours après :. « Nous n'avons aucune filiale à Bristol ou nulle part ailleurs en Angleterre. »

Il contracta de nouveau les mâchoires :

— Vous imaginez la foudre qui tombe sur l'appartement de la cité des Lilas à Jouy-en-Josas. Puis la suite. La visite à la gendarmerie. Le coup de fil de celle-ci au SRPJ de Versailles. Et tout le reste du

Golgotha jusqu'au Service des Recherches dans l'Intérêt des Familles.

Charlie Badolini abandonna son fume-cigarettes de star rétro.

— Quelqu'un s'occupe des parents de Brigitte ?

Boris se pencha vivement :

— Patron ! Excusez-moi, mais vous prenez Mémé pour qui ? Dans toutes les communes, il y a des gens de cœur qui sont prêts, vingt-quatre heures sur vingt-quatre, à soutenir ceux qui sont dans le malheur. Mémé y a pensé. Les parents de Brigitte ne sont pas seuls, à l'heure qu'il est.

Charlie Badolini s'inclina en direction d'Aimé Brichot.

— Pardon.

Il se redressa aussi vite qu'il s'était incliné :

— Monsieur Corentin, à votre avis, qu'est-ce que va faire le superintendant en charge des affaires de police de son district, à Brighton, une fois qu'il aura reçu par Interpol, ou par quelqu'autre voie que ce soit, le renseignement que la suicidée miraculeuse de son fameux pont historique est identifiée ?

Boris s'examina les ongles :

— Je vous l'ai dit tout à l'heure : qu'est-ce que ça peut changer pour lui de connaître le nom de la fille ? Tout le reste, l'essentiel, est bidon.

« Bidon, la demande de fille au pair affichée au collège de Brigitte.

« Bidon, le papier à en-tête du « National French-British Friendship ».

« Bidon, le nom de John et Mary Felicity.

« Bidon, l'adresse poétique du chemin du lit de plumes.

Il alluma furieusement une Gallia.

— Vous seriez flic d'aéroport, à Bristol, sur la côte ouest de l'Angleterre, vous feriez attention à une Française accueillie chaleureusement par un couple au-dessus de tout soupçon ?

Un nuage de fumée l'enveloppa.

— Le superintendant de Bristol dont vous parlez a d'autres chats à fouetter que de s'occuper d'une petite oie blanche de Française.

Il écrasa sa cigarette dans le cendrier.

— Peut-être que je le calomnie, mais si j'étais à sa place...

Ses épaules devinrent géantes sous le cuir de son blouson quand il se souleva à deux mains sur les accoudoirs de son fauteuil.

— Patron... Je voudrais vous demander un truc dingue.

Charlie Badolini prit l'air de celui qui a déjà compris :

— Allez-y.

Boris se rassit.

— Dans le dossier des disparus du Service des Recherches dans l'Intérêt des Familles, il y a à ce jour exactement vingt-sept filles disparues en Angleterre.

Et douze d'entre elles avaient répondu à une offre de ce fameux « National French-British Friendship ».

Il marqua un temps d'arrêt, et puis :

— De vous à moi, vous ne croyez pas que ça vaudrait le coup de nous envoyer, Mémé et moi, faire un tour à Bristol ?

Charlie Badolini dévissa son fume-cigarettes. Ce qui en sortit était un petit tube marron-noir luisant. Tout ce que ses poumons n'auraient pas avalé. Même à trois mètres, ça puait. Il jeta ça d'un air dégouté dans sa corbeille à papiers. Pour se pencher dessus, juste après, narines avides : qu'est-ce que la corbeille à papiers sentait bon le poison...

Des doigts jaunis par trente ans de nicotine qui revissent fébrilement la nouvelle cartouche au tube à masos du tabac et voilà que déjà les joues du patron de la Brigade Mondaine se creusaient désespérément pour inhaler le centième restant de la délicieuse portion tabagique après le passage du filtre tout neuf.

— Ça se tient votre truc..., rêva-t-il dans son zeste de fumée translucide. Des fois que vous mettriez la main sur un réseau responsable de ces douze disparitions... Mais cela dit, c'est difficile, professionnellement. Dans un sens, ce que vous me demandez, c'est de vous immiscer dans l'enquête des collègues anglais. Délicat...

Boris haussa les épaules :

— On leur apporte sur un plateau l'identification de l'inconnue. Ça vaut bien un peu de compréhension de leur part, non ?

« Et puis, ce n'est qu'en conseillers que nous vous demandons de nous envoyer là-bas. Après tout, ça ne peut que les aider de collaborer avec deux flics de la même nationalité que Brigitte.

Charlie Badolini eut une moue souriante :

— Bon, c'est OK. Vous y allez.

Boris se leva brutalement :

— Merci, patron. C'est comme si on était déjà partis. Il y a un vol quotidien Roissy-Bristol sur Air-France.

Il rit :

— Mémé se met à l'anglais. Raison de plus, non ?

Charlie Badolini ne l'écoutait plus.

— Vous ne pouvez partir qu'officieusement. La CEE c'est pour demain. On ne peut pas se permettre.

Boris haussa les épaules :

— Excusez-moi, patron, j'ai déjà appelé Chamberlain.

— Chamberlain ?

— Oui, c'est le *sergent-detective* (1) de la police à Bristol. Figurez-vous que je le connais.

Il marqua un temps d'arrêt :

— Ça va vous paraître idiot, mais on a fait ensemble un jour une conférence sur la police pour une réunion de l'*American Legion* à Paris.

Charlie Badolini écarquilla les yeux :

— L'*American Legion ?* C'est un club américain, si je ne me trompe. Où est le rapport ?

Boris sourit :

— Vous savez, patron, les Américains sont bizarres. Ils nous trouvent intéressants, nous autres Européens, c'est tout.

Le patron de la Brigade Mondaine sourit finement :

— Et je suppose que ce Chamberlain vous a demandé, à l'issue de la conférence, de lui faire faire un tour du côté des petites femmes de Paris ?

Boris leva les yeux au ciel :

— On ne peut rien vous cacher, patron, mais seul le résultat compte : on est devenus potes.

— A quel moment ? coupa Charlie Badolini.

Et toc, la cendre qui refaisait un saut périlleux vers sa cravate. Il y a combien de pois noirs dans une cravate à pois noirs et rouges ? M..., disaient les yeux furibards du patron de la Brigade Mondaine en s'époussetant : Aïe, un trou rouge qui a soudain voté noir...

(1) Grade dans la police anglaise, correspondant à celui de Boris Corentin qui est inspecteur divisionnaire chef. Le « superintendent » correspond au commissaire divisionnaire. Et l' « inspector » au commissaire de police.

— A six heures du matin, patron, fit Boris, le petit doigt sur la couture du pantalon.

Le brûleur en chef de cravates ne dit pas textuellement : « Rompez », mais c'était écrit dans le coup d'œil. Ne serait-ce que pour reprendre la situation en main.

— Autour d'un dernier verre ?

Boris se mordait les lèvres à se les faire saigner pour ne pas éclater de rire :

— Non, Patron. Dans un lit.

Interloqué, Charlie Badolini se rassit dignement :

— Pardon ?

— Oui, patron. Tous les deux dans un grand lit avec, précisément, deux petites femmes de Paris.

Aimé Brichot se dressa comme un ressort :

— Ça suffit comme ça ! Il y a une gosse qui s'est fait avoir comme au coin d'un bois et sa famille avec, et vous rigolez tous les deux ! Ça n'est pas supportable, patron, excusez-moi !

Boris se tourna vers lui, redevenu soudain sérieux :

— Tu n'as rien compris, Mémé. J'étais seulement en train d'essayer de faire comprendre à Monsieur le Divisionnaire que vu la personnalité vigoureuse et bon vivant du *sergent-detective* Jeremy Chamberlain, notre petite visite à Bristol risquerait de coûter cher à ces fonds secrets de la Brigade Mondaine qu'on appelle gentiment les bons roses...

Ses yeux se durcirent brutalement en direction de Charlie Badolini :

— Patron, l'avion décolle dans deux heures. Plus vite on sera au chevet de Brigitte, mieux ça vaudra.

Aimé Brichot sursauta comme sur un grill chauffé à blanc.

— Mais tu es fou ! On va en Angleterre et tu ne me laisses même pas le temps de préparer ma garde-robe !

Sa moustache en tremblait d'affolement et ça voulait dire : moi, le fou d'anglomanie, le type qui fait des pirouettes avec son budget pour trouver des fringues british au moindre prix, tu veux que je parte chez mes dieux sans une valise de trente kilos ?

Charlie Badolini et Boris Corentin échangèrent un rapide regard.

— Monsieur l'Inspecteur Aimé Brichot, finit par dire le patron de la Brigade Mondaine, les ordres sont les ordres, vous ne croyez pas ?

Aimé Brichot perdit dix centimètres de sa taille :

— A vos ordres, patron.

***

A peine dans le couloir, Boris prit Aimé par les épaules :

— Tu sais ce que tu vas faire, vieux, rapport à ta garde-robe ? Tu appelles Jeannette en vitesse. Demande-lui de te bourrer une valise de tout ce que tu as de plus british dans ta penderie et dis-lui de rappliquer dare-dare en taxi à Roissy à notre terminal d'embarquement.

— Tu es génial, bredouilla Aimé Brichot. Merci.

Boris le regarda foncer vers la porte du bureau des Affaires Recommandées :

— Tu sais, vieux frère, je ne te suggère ça que pour ne pas partir avec un Mémé qui ne pensera qu'à ses précieuses fringues restées à Paris, qu'est-ce que tu croyais ?

***

A l'heure dite, Aimé Brichot était dans le Fokker qui décollait pour Bristol.

Heureux : Jeannette était arrivée in extremis avec la valise d'où dépassait un bout de cravate tellement elle l'avait refermée en catastrophe.

Mais aussi les fesses serrées : l'avion avait pris l'air en plein orage et maintenant, il était secoué par les turbulences.

Brichot se tourna vers Boris, blanc comme neige.

— Tu n'as pas mal au cœur, toi ?

Le Fokker sauta encore comme un cabri. Boris sourit :

— Tu ne vas plus avoir mal au cœur quand tu auras lu ça.

Aimé Brichot attrapa le *Daily Mirror* du jour comme une planche de salut :

— Traduis, s'il te plaît, hoqueta-t-il.

Boris lui tapota les deux joues avec une affection virile :

— Ça va mieux ? OK, ça va mieux. Maintenant, je vais te traduire le petit article qui fait suite à celui d'hier. Mais d'abord une information qui n'y figure pas : la jeune suicidée, dont le nom ne sera pas révélé à la presse, Chamberlain m'en a fait le serment au téléphone, ne s'est toujours pas réveillée, mais tous les signes médicaux prouvent que ça ne va pas tarder. Ensuite, ce que dit l'article, et ça ne prend pas plus de trois lignes :

« Un témoin a relevé le numéro d'immatriculation de la Jaguar verte.

« C'est une voiture que son propriétaire a déclaré volée il y a huit jours.

« Et qu'on a retrouvée ce matin quelque part dans la campagne derrière Bristol.

L'avion tomba dans un trou d'air et Aimé Brichot dégueula dans le journal.

— Ça commence bien, geignit-il en se relevant, blanc comme la craie.

Boris lui essuya la figure comme une maman avec son gosse :

— Allez, vieux, ne t'inquiète pas. Ce n'est rien.

Déjà l'hôtesse se précipitait vers eux. Il y eut un nouveau trou d'air. Derrière le hublot, à droite de l'appareil, le ciel se zébrait d'éclairs. L'hôtesse tomba à quatre pattes dans l'allée centrale. Et elle vomissait comme Aimé Brichot dans son *Daily Mirror* ! Ça et là, des passagers commençaient à crier : l'appareil était en plein dans l'orage !

Aimé Brichot tourna sa figure verte comme l'angoisse vers Boris :

— Tu vois... Au moins je ne suis pas le seul à avoir le mal de l'air...

Il explosa de nouveau, mais cette fois dans le sac prévu pour ça que Boris avait arraché au dossier du siège devant lui.

— Je n'en peux plus, reprit Aimé en s'efforçant au calme côté diaphragme. Bristol... Une heure de vol pépère... Tu parles...

L'hôtesse se remettait sur ses jambes. Aussi verte que lui. Boris se jeta dans la travée pour la soutenir sous les bras.

— Je vous emmène au fond. Je m'occupe de tout.

CHAPITRE III

Robinson Sullivan était un de ces Anglais dont on ne saura jamais s'ils sont ou non sortis de l'université d'Oxford ou de celle de Cambridge.

— Elle s'est réveillée ?

Le gros rougeaud qui avait rampé hier pour des prunes sous la Jaguar vert pomme se précipita sur le tapis indien du gigantesque salon. Un feu de bois de pommiers brûlait doucement odorant, derrière la haute silhouette du patron habillé sur mesure, en tweed vert, Old Bond Street à Londres.

Dehors, c'était la fin du jour à travers les vitres de l'orangerie du château transformée en salon parce que la difficulté des temps modernes oblige les propriétaires de châteaux à abandonner aux touristes les lieux de la gloire ancestrale devenus trop chers à chauffer, comme les jardins à entretenir.

Un avion passait très bas au-dessus du tombeau de l'ancêtre de Robinson Sullivan. Le premier comte du nom. Joli tombeau à la romaine en bout de parc. Très loin. La superficie du parc était décomptée pour trois mille sept cents hectares dans la version française des dépliants touristiques.

Le dernier avion de la soirée : Bristol et sa région sont protégées. Avant la guerre de 1940, tous les alentours appartenaient à deux familles qui ne voulaient pas vendre. Idem après la guerre. Puis, tout a été classé zone verte protégée. Même le Lord Major de Bristol n'arrivait pas à développer son aéroport. Trop d'associations de défenses locales.

L'avion qui tournait en procédure d'atterrissage dans cette fin de journée d'avril était le dernier des trois autorisés le soir par ces associations locales.

Un avion français, en plus. Air-France... Comme pour narguer la paix immémoriale du parc de Moonfleet. La « flotte de la lune ». Du nom de la flotte frêtée par le premier earl (1) of Sullivan, en 1795, qui écrasa une escadre française sortie de Cherbourg. Cette victoire avait valu son titre au premier Robinson Sullivan dont le portrait en pied trônait au-dessus de la cheminée de l'orangerie, derrière Robinson sixième Earl of Sullivan.

Cigarette à bout doré au bec :

— Douglas, je t'ai posé une question...

Le gros rougeaud qui avait cherché sa pièce sous la Jaguar volée au péage du pont de Brunel prit un air affairé :

— *No, my Lord,* elle ne s'est toujours pas réveillée.

Sullivan tira élégamment une bouffée de sa cigarette au bout de liège gravé à ses initiales.

— Pourquoi dites-vous : toujours pas ? Il y a un risque qu'elle se réveille ?

— Oui, il y a un risque, avoua le gros rougeaud. On s'est renseignés. Il ne s'agit pas d'un vrai coma. Juste d'une commotion.

(1) Comte, en anglais.

Il se mit à souffler en agitant son gros ventre comme une baudruche dans la tempête.

— *Shit !* Trente yards de vol plané, et elle a trouvé le moyen d'atterrir dans la vase sur le dos !

Le comte de Sullivan, sixième du nom, alla rêver à la vitre de l'orangerie de ses ancêtres.

Dehors, la lune était à son premier quart entre deux nuages venus de l'Atlantique. Bientôt les rhododendrons allaient fleurir. Les fameux rhododendrons de Moonfleet que les touristes venus de toute l'Angleterre allaient pouvoir admirer. Tiens, l'avion revenait tourner. Il devait avoir des problèmes de visibilité. L'aéroport de Bristol était loin d'ici, du côté de Wrington. A quinze ou vingt miles près, dans le coin, le temps peut changer du tout au tout.

Robinson Sullivan se tourna vers ses hommes de main, qui se tenaient là-bas, très loin à l'autre bout de la pièce.

Douglas Homestead, ce connard de gros rougeaud qui était le vrai responsable de l'échappée de la Française pour cause de perte, entre pouce et index, de la pièce de péage du pont de Brunel.

Puis, assis dans le fauteuil voisin, cette longue merde molle, comme disent les Français, du grand blond maigre nommé Philip Straight.

Et l'autre, le dernier connard, le petit gras à la tignasse bouclée noir luisant ! Ce caméraman de Salomon Dayan !

De leurs places, ils le dévoraient des yeux. Jamais ils n'atteindraient cette classe. Ce n'était pas une question de pouvoir se payer ou non son tailleur, son chemisier ou son bottier et d'ailleurs, lord Sullivan devait mettre ses derniers *pennies* dans la sape. Comme un ultime pourboire au croupier du casino quand on a tout perdu et qu'il ne reste plus que le suicide.

C'était de l'intérieur du vêtement qu'il les dominait tous les trois, ce sixième comte Sullivan qui resterait comte, à poil, devant eux sur sa pelouse ! A poil dans la cour de prison où ils allaient peut-être tous finir !

La classe qui n'a rien à voir avec la fortune ou la déchéance de la fortune. La classe qui ne s'achète pas : celle des chromosomes.

Pourtant, les chromosomes lui avaient donné une autre caractéristique, moins enviable. Il avait constamment les yeux rouges et larmoyants.

Il stoppa sa progression sur le vieux tapis indien à cinq yards du trio.

— Vous êtes une bande de tristes cons, fit-il en lissant ses paupières. Le contrat est clair, non ? En cas de problème, je ne vous dois rien.

C'était fou ce qu'il était élégant dans son costume de tweed, avec ses mocassins en lézard, la cravate de son club ! Quarante ans. Veuf sans enfant d'une femme tuée dans un accident de voiture. Désespéré à vie : il n'y aurait jamais de septième comte Sullivan.

Il était blond dégarni. Très grand. A vingt ans il avait dû pratiquer tous les sports, y compris les plus dangereux. Il avait exactement l'allure, les traits et les yeux bleus qu'avait, à quarante ans, le prince Philip, époux de la reine.

Robinson Sullivan alla s'asseoir en face de ses hommes de main. Et il réfléchissait encore à son destin.

« Mon Dieu, tout ce que je fais, c'est pour payer l'entretien et la restauration du château. Les visites n'y suffisent plus. J'aimais ma femme. Elle est morte avant de m'avoir donné un fils. Je me fous de tout. Sauf de l'avenir de ces pierres qui ont été une partie de l'histoire de mon pays... »

Il avala sa salive :

— Je ne veux pas qu'il y ait de problème, reprit-il en croisant ses longues jambes de lévrier.

Il les observa tous les trois puis il consulta sa montre-bracelet :

— Il est sept heures. A minuit, je veux vous voir ici.

Il marqua un temps d'arrêt :

— Avec la fille.

Puis il leur fit signe de disparaître de sa vue d'un geste agacé du poignet.

Et il se retrouva seul dans l'ancienne orangerie transformée en salon, avec tous les tableaux de famille rassemblés aux murs. Il y avait encore des portraits de famille, officiels ceux-là. Il les avait accrochés dans la grande galerie qu'empruntaient les touristes en visitant le château.

Sept heures du soir. C'en était fini avec les derniers bruits d'avion. Il avait de l'influence encore ici... Le premier défenseur du silence sur Bristol et ses environs, c'était lui.

Grâce à un commerce semblable à celui qui avait autrefois fait la fortune de sa famille et celle de la ville de Bristol tout entière, le commerce des nègres.

Et aujourd'hui, lui, sixième du nom continuait, dans la pure tradition familiale, à entretenir un commerce aussi peu recommandable que celui de ses ancêtres qui avaient acheté, puis bâti, à la sueur du nègre, ce château de Moonfleet, rempli depuis de peintures venues de toute l'Europe. Et de merveilleux meubles, dont les plus beaux achetés en France, lors de la vente, par les Révolutionnaires, du mobilier du château de Versailles.

*
**

Robinson Sullivan écrasa sa cigarette dans un cendrier immense. Un truc en laque rapporté des Indes par un ancêtre du siècle dernier, au temps du massacre de Cawporne.

Il alla encore une fois contempler l'ultime moment de la chute du soleil sur le domaine familial. Un jet privé était en procédure d'attente pour atterrir à l'aéroport de Bristol.

Shit... Au temps de lord Sullivan numéro un, on n'entendait pas d'ici, de Moonfleet, le bruit du vent dans les voiles des trois mâts qui partaient à la conquête des Antilles !

Robinson se recula. Contracté : Pourvu que Douglas, Philip et Salomon ne ratent pas leur coup à l'hôpital !

Avant d'ouvrir la petite porte, là-bas, dissimulée dans la boiserie à la française, avec juste la poignée visible, il eut envie de reprendre des forces.

Un coffre ancien apparut, dans le placard. Celui que Lord Sullivan numéro trois avait promené *all over the world* (1), durant sa putain de vie de brigand au siècle dernier.

« Veinard, se disait Lord Sullivan numéro six, en ouvrant les deux petites portes d'ébène. Tu ne peux pas savoir, veinard de numéro trois, comme je t'envie d'avoir vécu à une époque où les gens de notre rang commandaient en maîtres. »

La longue main aux ongles bombés de Robinson Sullivan se servit une triple rasade de la meilleure marque, trente-six ans d'âge, de whisky. Puis il en lampa une petite gorgée. Sans glace ni eau. Il n'y a que les gens du peuple, et les *Frenchies,* pour couper d'eau ou de glace le whisky.

(1) Partout à travers le monde.

Il alla subitement à pas rapides ouvrir la porte à gauche de la cheminée armoirée.

La pièce, derrière la cheminée au fronton sculpté aux armes des Sullivan, n'était pas spécialement grande par rapport aux pièces réservées aux visites des touristes. A peine sept mètres sur douze, et en plus, les murs couverts de livres anciens en réduisaient encore la superficie.

Dans la journée, les visiteurs passaient par ici, respectueux. Mais à partir de dix-huit heures, le maître des lieux pouvait reprendre possession du domaine.

Robinson Sullivan referma lentement la porte derrière lui en rallumant une Benson-and-Hedges au bout de liège et il fit trois pas en avant sur le plancher de ses ancêtres.

Ce qu'il avait devant lui, à trois mètres, s'appelait un perchoir à faucons de chasse.

C'était un objet en chêne, large à peine comme une main écartée au maximum. C'était posé par terre, sur un pied avec une base élargie.

Hauteur du plateau du perchoir : celle d'une table.

Robinson Sullivan s'arrêta, cigarette au bec.

La fille devant lui, sur le « perchoir », n'avait l'air ni heureuse ni malheureuse de sa condition.

Elle était « assise » en grenouille ; cuisses ouvertes et pieds contractés sur la planchette minuscule du perchoir.

Un pal énorme lui défonçait le chemin de ses reins et son sexe épilé était parfaitement visible, négligé.

Elle se soutenait à deux mains comme elle pouvait sur ce qui restait de libre sur la planchette minuscule. Elle avait la tête relevée, comme pour offrir son visage à un appareil photo.

Avec un godemiché enfoncé dans la bouche jusqu'à la garde.

Et avec, bien enfoncé sur la tête, un bonnet d'âne où il était écrit en majuscules, et en français, un seul mot : « salope ».

Et pourquoi avait-elle en plus un godemiché abominablement gros dans la bouche ? À lui faire couler les larmes des yeux jusqu'à ce qu'elles coulent sur ses seins, sur son ventre et ses cuisses ?

Depuis combien de temps était-elle là, toute seule sur son perchoir, torturée pour qui ?

Elle n'était pas attachée, ni enchaînée sur son « perchoir ». Elle aurait pu se libérer. Elle ne l'avait pas fait. Pourquoi ?

Sullivan s'approcha de la suppliciée sur son perchoir et il lui remonta la mèche sur le front. Puis il lui releva les paupières avec les doigts des deux mains :

— Salope, tu es une vraie salope ! fit-il.

Puis il alla consulter le feuillet posé sur la tablette.

Et il se retourna vers la fille et :

— Ma mine, ma douce, j'ai peut-être perdu ta copine Brigitte, mais toi, je te tiens.

Earl Sullivan numéro six partit d'un rire dément.

CHAPITRE IV

Chaque fois que la Rover de Jeremy Chamberlain doublait une autre voiture, Aimé Brichot transpirait. Comme quand il s'engageait dans un rond-point. A gauche... Bien sûr, tout le monde sait que les Anglais conduisent à gauche, mais c'est autre chose que d'y être, dans une bagnole qui file à ras de la haie de gauche dans un virage. Du côté où, « logiquement », doit surgir la voiture d'en face...

La campagne était très belle, de l'aéroport à Bristol. La Normandie en réduction. Tout était plus petit, les maisons, comme les prés. Et pas une seule culture, à part quelques rares champs de colza encore verts. Uniquement des pâturages à vaches noires et blanches et à moutons épais, et des prés gras, en attente de fenaison pour le foin d'hiver.

Pas une décharge en vue, pas un plastique dans le fossé. C'était propre, nickel, ravissant comme un paysage de contes de fées sous les nuages courant par vent d'ouest avec les éternelles zones de pluie et de soleil. Tous les jardins étaient soignés merveilleusement et la plupart avaient un cerisier du Japon en fleur.

Et c'était dans ce paradis qu'une ravissante petite Française au pair avait voulu mourir à dix-huit ans...

A l'avant, Jeremy Chamberlain racontait. Dans un français très correct malgré l'accent :

— A l'hôpital, les médecins ont confiance. Brigitte devrait bientôt reprendre conscience. L'état de choc ne devrait pas se prolonger au-delà de demain soir au plus tard.

Il avait une bonne grosse voix chaude correspondant à son physique : un vrai pilier de rugby blond comme les blés, avec cette raie typiquement anglaise : très bas sur le côté.

— Le seul truc ennuyeux, reprit-il, c'est l'analyse sanguine. Elle était droguée.

Il donna le nom (1).

— Aïe ! tiqua Boris. Ça, c'est la tuile... On est tombés sur des compliqués. Droguer une fille à ça, c'est avoir besoin de la rendre prête à accepter n'importe quoi...

— Exact..., soupira le flic anglais.

Boris se tourna vers Aimé.

— Tu te rappelles Micheline (2) ? A elle aussi, le salaud d'Orgeval faisait prendre ce truc-là...

Un neuroleptique américain « désinhibiteur » de la famille des phénothiazines. En médecine normale, on l'utilise dans les cas de psychose avec agitation. Il agit sur le cortex des cellules cérébrales et son effet est immédiat. Les plus grands agités deviennent doux comme des agneaux. Et ils débordent d'envie d'obéir...

Un détail qui n'avait pas échappé à certains...

Outre que le seul « défaut » du produit est d'exacerber les facultés sexuelles...

Autrement dit, la « solution miracle » pour rendre

(1) La loi interdit de le publier.
(2) Voir Brigade Mondaine n° 1 : *Le Monstre d'Orgeval.*

une fille souple comme un gant. Plus elle est droguée, plus elle a besoin d'orgasmes. Et, comme plus elle est droguée, plus elle est obéissante, la conjonction des deux phénomènes donne rapidement une fille qui ne prendra plus son plaisir que dans l'obéissance...

A petites doses, de dix à vingt gouttes par jour, le calmant n'est pas dangereux. Au-delà, surtout en traitement prolongé, il s'attaque au cerveau. Mais pas avant deux ou trois ans.

Ils réfléchissaient sombrement tous les trois. Brigitte avait été enlevée fin septembre. On était fin avril. Sept mois de drogue. Et à quelles doses ? C'est déjà long... Et est-ce qu'elle était la seule ? Y avait-il d'autres filles au bord, elles, des deux ou trois ans de drogue ? Au bord de la folie définitive... (1)

— Ce qu'on n'arrive pas à comprendre, poursuivit Jeremy Chamberlain, c'est pourquoi elle a repris conscience dans la voiture. Là, il y a quelque chose qui ne colle pas. Des salauds capables d'un système d'enlèvement de filles aussi au point ne sont pas des amateurs. Ils doivent veiller avec une extrême attention à la prise régulière du calmant. Veiller à ce qu'il n'y ait aucun temps mort, même la nuit. Or, jaillir d'une voiture et courir se jeter dans le vide, ça signifie qu'on a repris conscience...

Boris serra les dents :

— Oui. Et aussi que la raison qui vous rend capable de penser à une telle extrémité, au lieu de courir vers les voitures suivantes en criant au secours, doit être terrible...

Jeremy Chamberlain ralentit après un virage, dans une côte. En face d'eux, les piliers de briques

(1) Documents de pharmacologie thérapeutique par Goodman et Gilman. Edition Mc Millan. Londres.

du plus vieux pont suspendu d'Europe. La Rover se rangea sur le bas-côté.

— Venez, fit le flic de Bristol.

La nuit était très proche, mais on y voyait encore suffisamment pour tout distinguer. L'endroit exact, au tiers du passage pour piétons, où Brigitte avait enjambé la rambarde. Et trente mètres plus bas, la marée montante qui refluait vers la première écluse de Bristol, de l'autre côté du pont.

Aimé Brichot se releva, blanc. Le vertige. Et en plus, la circulation faisait vibrer le tablier du pont.

— Elle se serait jetée à cette heure-ci, commenta Chamberlain, l'eau aurait été comme du béton.

— Oui, fit Boris. Il devrait y avoir des grillages... Le pont des suicidés... Ce n'est pas raisonnable.

— A qui le dites-vous... soupira Chamberlain. La mairie est assaillie de pétitions, mais chez nous aussi, l'administration est d'une lenteur...

Ils revinrent vers la voiture. Chamberlain se fouillait à la recherche de monnaie pour le péage. Boris s'arrêta :

— Tu te rappelles, Mémé, l'enquête sur Micheline ? A un moment, nous avait raconté cette ordure de Saint-Loup, elle avait rué dans les brancards et repris soudain conscience. Et pourtant, il la droguait avec une régularité ponctuelle. Seulement, il était allé trop loin. C'était au début...

Brichot se gratta la moustache :

— Tu veux en venir où ?

— J'essaie de comprendre, vieux. De comparer...

Ils étaient rentrés dans la voiture. Boris attendit que Chamberlain ait démarré.

— Je suppose qu'avant-hier il faisait le même temps qu'aujourd'hui ? Pluvieux et froid pour une fin avril.

Le flic glissa sa pièce dans la fente et la barrière

neuve, déjà mise pour remplacer celle brisée par l'avant de la Jaguar se souleva :

— Même pluie, oui, ce qu'on appelle du *drizzle*, du crachin, mais nettement plus froid.

— Ah..., fit Boris. Et la fille était nue...

Il se tourna de côté :

— Vous m'avez bien dit, quand je vous ai appelé de Paris tout à l'heure, qu'elle avait du sable collé à la poitrine, au ventre et aux cuisses ? En plus de la vase du lit de la rivière, je veux dire.

— Oui, le sable exact des plages voisines. Celle de Weston par exemple.

— Ah..., fit encore Boris. Bon, supposons qu'il se soit passé quelque chose sur cette plage, que les trois types revenaient de là avec Brigitte. Elle était en porte-jarretelles, bas et chaussures spéciales. Alors, je pense à une séance de poses de photos, ou un film porno, vous voyez ce que je veux dire ? Une séance suffisamment longue, nue sous la pluie et dans le froid, pour que le froid, justement, lui ait fait reprendre conscience.

Chamberlain tourna à angle droit pour aller se ranger devant ce qui ne pouvait être qu'un hôpital.

— *Of course*, on y a pensé nous aussi, dit-il. J'ai envoyé dix de mes hommes enquêter tout l'après-midi d'hier et la journée d'aujourd'hui de Burnham-on-Sea à Portishead en passant par Weston-super-Mare.

« *Nothing*. Personne n'a rien vu. Les plages étaient vides. Totalement. Vous pensez, avec ce temps. Sauf un promeneur et son chien, à Weston, c'est tout.

« S'il avait vu quelque chose de bizarre, il serait venu nous trouver. Chez nous, les gens aident assez spontanément la police...

*
**

La chambre était en bout de couloir. Un policeman montait la garde devant. Armé, ce qui est rare dans la police anglaise.

— Au cas où il viendrait l'idée aux saligauds de l'enlever, expliqua Chamberlain. Ils ont lu les journaux, hein ? Ils savent qu'elle est vivante.

Brigitte dormait sagement dans son grand lit. L'air d'une gosse, les yeux cernés, mais étonnamment jeune et jolie. De temps à autre, ses mâchoires étaient secouées de contractions. Alors, elle grinçait des dents et elle prenait, l'espace de quinze secondes, une expression terrifiée dans son sommeil.

— Il paraît que c'est ça qui est bon signe, expliqua Chamberlain.

Il se releva :

— *Poor little girl* (1), quand je pense au rapport médical...

Son ravisseur ne se contentait pas de droguer Brigitte. Elle avait aussi les pointes des seins et le sexe enduit de cette pommade à base d'opium, entre autres, qui sert aussi bien chez l'homme que la femme à exacerber les terminaisons nerveuses sexuelles et que connaissent bien tous les tordus. Le « septième ciel ». Ça donne une intense envie de faire l'amour.

Mais ce n'était rien à côté des deux autres découvertes faites par les médecins. Brigitte avait d'abord eu les mâchoires forcées.

Et là, ni Boris, ni Mémé n'avaient besoin d'un dessin. L'appareil est au musée secret de la Brigade Mondaine : une tenaille pas à serrer, mais à écarter. On l'enfonce entre palais et mâchoire inférieure et

(1) Pauvre petite fille...

on tourne la vis qui ouvre l'écarteur. La fille, ou le garçon, dans les cas d'homosexualité, le garde une heure et, jour après jour, on donne un nouveau tour de vis.

Au bout d'un mois, le résultat est obtenu : la fille peut recevoir dans sa bouche des bâillons, et surtout des godemichés d'un diamètre dément.

Et puis, bien sûr aussi, le chemin des reins de Brigitte avait été élargi. Et par de vrais pros : les muscles internes étaient restés intacts. C'est-à-dire qu'ils n'avaient pas été distendus. Simplement, on leur avait fait acquérir peu à peu une élasticité suffisante pour pouvoir accueillir les membres les plus épais. Et même toute une main. Là encore, l'appareil est au musée secret de la Brigade Mondaine. Ça s'appelle le « perchoir ».

En revanche, Brigitte ne portait aucune trace de coups, aucune marque de cravache.

— Bon, reprit Chamberlain, on s'en va. Allez, une bonne pinte vous fera du bien. Je vous emmène à un pub où j'ai mes habitudes. *Pump House,* sur le vieux port. Ainsi nommé parce qu'il est juste à côté de la pompe de l'écluse.

Une fois ressorti dans le couloir, Boris jeta un regard en biais à Chamberlain :

— Deux types ont été vus sur le pont en train de courir derrière Brigitte. Les témoins ont signalé la présence d'un troisième homme, assis dans la voiture. Personne n'a pu au moins vous donner des éléments de portraits-robots ?

— Hélas non. Les gens n'ont regardé que Brigitte. La stupeur, vous comprenez.

Il haussa les épaules :

— On est dans le noir total. Et même le numéro d'immatriculation de la Jaguar qu'un automobiliste a eu le réflexe de noter quand elle a forcé la barrière ne nous sert à rien. On l'a retrouvée ce matin dans un petit bois près de la piste de ski artificielle de Wringhton, à quinze miles d'ici. C'était une voiture volée à Cardiff, en pays de Galles. « Et toutes les empreintes avaient été effacées, évidemment.

Il sourit à Aimé Brichot :

— C'est gentil de venir essayer de nous aider, mais vous perdez votre temps.

Son sourire s'accentua :

— Et surtout, ne croyez à aucune susceptibilité de ma part. Au contraire, je suis heureux, Boris, de vous revoir et de faire la connaissance de votre équipier.

« Mais franchement, j'aurais préféré que ce soit en d'autres circonstances.

⁂

Jane Slatter regarda pensivement s'en aller la Rover, de derrière le pare-brise de sa petite voiture à trois roues. Celles que peuvent acheter, dans le Royaume-Uni, ceux ou celles qui n'ont jamais réussi à passer leur permis de conduire. Une licence de moto suffit. L'équivalent des petites voitures électriques sans permis de France.

Et aussi dangereuses, avec leur vitesse de limace sur la route. Surtout quand on tombe dessus après un dos d'âne.

Jane Slatter réfléchissait.

Le *sergent-detective* Chamberlain, bien connu de tout le comté... En compagnie d'un grand beau brun et d'un petit chauve à lunettes inconnus... Le petit chauve avait l'air de l'employé de banque classique à Londres, à Manchester ou à Bristol. *Typically british,* le petit flic... D'où venait-il ? De Londres ?...

En revanche, le grand beau brun au physique

d'acteur de cinéma était français. Pas à cause du physique. International dans la beauté de *nice guy* (1). A cause de la tenue. C'en est devenu une plaisanterie éculée chez les Anglais : il n'y a que ces mangeurs de grenouilles de Français, c'est bien connu, pour se balader avec une veste de tweed ou de n'importe quel tissu sur un jeans. Ça ne se fait jamais en Angleterre. Il paraît que si, en France, et que c'est même chic. Ici, ça trahit le *Frenchman* à cinquante mètres.

Ça ne pouvait être qu'un flic.

Conséquence : la brune de la photo du *Daily Mirror* de ce matin était une Française.

Une fille au pair, sûrement.

Victime d'un gang spécial...

Les lèvres racornies de celle qui avait été, cinquante ans plus tôt, une belle et pulpeuse Westonienne se plissèrent de rage :

Pourquoi Roy, son vieux et sage mari de soixante-quinze ans, tournait-il subitement en rond depuis avant-hier matin ? Depuis qu'il était allé promener le teckel sur la plage ? Pourquoi regardait-il avec tant d'insistance la photo de la suicidée miraculée sur la page une de l'édition locale du *Daily Mirror ?*

Pourquoi y avait-il soudain une particulièrement *shocking french-letter* au fond du tiroir de son bureau ?

Et pourquoi, surtout, lui avait-il annoncé en sortant de table, avec cet air de gosse incapable de dissimuler vraiment qu'ont tous les hommes quand ils vous racontent un gros bobard, que la réunion de son club était avancée d'un jour ?

Tu parles... Pourquoi un club de lanceurs de fléchettes avancerait-il d'un jour une réunion

(1) Beau mec.

immuablement fixée au mercredi soir depuis trente ans ?

Jane l'avait laissé partir en faisant semblant de continuer à se passionner pour la dernière finale du championnat mondial de *snoker* (1) à la TV. Puis, elle avait attendu cinq minutes et elle était allée prendre sur la table de l'entrée la clé de contact de sa Hulwett à trois roues.

Pas pressée : elle savait déjà où elle allait revoir la vieille Austin noire lustrée nickel de son petit cochon de Roy de mari. Pas devant le pub de son club, à Congresbury, le *Hunting Rabbit* (2), là où se réunissent tous les lanceurs de fléchettes du coin.

Mais devant l'hôpital du *National Health Service* (3) de Bristol.

Où Roy avait terminé sa carrière comme infirmier-chef.

Et dont il connaissait toutes les issues.

L'hôpital où la brune de la photo se trouvait.

En plus Jane avait vérifié le tiroir avant de partir : plus de *french-letter !*

Shit ! Qu'est-ce qui passait par la tête de son vieux mari ? Il était devenu gâteux ou quoi ? Et pourquoi ? Il paraît que ça arrive, chez les hommes, parfois, quand les cellules grises prennent un coup de vieux. Un ultime coup de démon de midi...

Non mais ! Son Roy n'était pas entré à l'hôpital en croisant ces flics pour aller faire une bêtise avec son préservatif à matelots fourré dans sa poche !...

(1) Forme de billard à boules multiples et six trous, apparemment semblable au billard américain, mais tellement compliqué que, comme pour le cricket, seuls les Anglais et leurs congénères du Commenwealth y comprennent quelque chose.

(2) Le lapin qui chasse.

(3) L'équivalent de notre Sécurité Sociale. Health veut dire : santé.

Jane Slatter attendit que la Rover des flics ait tourné le coin de la rue puis elle sortit de sa Hulwett.

Deux minutes après, elle souriait à la réceptionniste de nuit, dans le hall :

— Vous me reconnaissez ? Je suis Mrs Slatter...

Coup de chance : la réceptionniste n'était pas loin de la retraite :

— *Of course, Mrs Slatter !* (Et elle sourit :) Votre mari vient d'entrer. Il vient rendre visite à Mr Sloane qui a eu un accident l'autre jour.

Jane se pencha vers le trou pratiqué dans le plastique transparent.

— Je sais, c'est pour ça que je suis là.

Elle eut une petite moue.

— Il est tellement distrait. Il a oublié son cadeau.

Elle agita un petit paquet.

— Des chocolats. Où est la chambre de Mr Sloane ?

La réceptionniste se leva pour consulter le tableau à sa gauche. Jane dévora des yeux le tableau en même temps qu'elle.

Premier étage... Chambre 14... Un X à la place du nom.

— C'est au deuxième, chambre 3, fit la réceptionniste en revenant.

Jane Slatter remercia en vitesse et fonça vers l'escalier.

***

Endormir quelqu'un, quand on a été infirmier-chef, c'est l'enfance de l'art :

— S'il vous plaît, *policeman*, je suis perdu et il n'y a personne d'autre que vous à cette heure dans les couloirs. Sauriez-vous par hasard où se trouve la chambre de Mr Sloane ? C'est un vieil ami qui...

Cause toujours, mon lapin ! Sloane, tu t'en fiches comme de ta première culotte ! Tu ne penses qu'à une chose : distraire l'attention du flic de garde pendant que tu sors ta petite bombe de ta poche...

Il y eut un pchitt juste sous le nez du policeman qui se tenait la tête à deux mains pour réfléchir et pof, le grand bidigasse en uniforme s'effondra par terre à quatre pattes, le nez dans le dalflex, sans un soupir.

Roy Slatter marqua un temps d'arrêt avant de tourner le bouton de la porte. Le cœur lui battait la chamade dans la poitrine. Ce qu'il venait de faire, c'était dingue, mais tant pis. Il ne rêvait que de ça depuis hier.

Et puis ce matin, c'était devenu réalisable, depuis qu'il savait où trouver, miraculeusement, la brune de la photo dans le journal.

Il allait se l'envoyer, là, sur son lit d'hôpital ! Il en bandait déjà comme un cerf, redevenu jeune comme à vingt ans !

Le somnifère de la bombe annulait jusqu'aux souvenirs dans un délai de cinq bonnes minutes avant. Le policeman ne se souviendrait de rien quand il se réveillerait dans deux heures. Et l'infirmière de garde ne passerait pas avant minuit.

Il avait, lui, Roy Slatter, deux heures devant lui pour tirer ce qui était peut-être le dernier coup de sa vie avec une salope superbe ! Inconsciente ! Dont il ferait ce qu'il voudrait !

Avec la *french-letter* spéciale autour de son sexe !

Comme autrefois, dans les bordels de la Navy !

My God, qu'est-ce que ça allait être fabuleux !...

Roy Slatter tourna lentement le bouton de la porte et il se glissa à l'intérieur. Pas un bruit. Ça sentait les médicaments, avec ce vague relent d'éther qui traîne dans tous les hôpitaux du monde. Ah, la bonne odeur du passé...

Il le savait : de nouveaux interrupteurs avaient été installés ici. Progressifs. On les tourne et la lumière augmente doucement. C'est fait exprès pour ne pas réveiller les malades et juste vérifier dans la pénombre que tout va bien.

Roy Slatter sortit de sa poche le préservatif tout en commençant à tourner le bouton de la main droite. En même temps, il se faisait une drôle de remarque pour lui tout seul : il faisait froid. Ah, de son temps, on vérifiait que le chauffage marche bien !

D'abord, il y eut le contour général de la chambre qui se dessina, puis la masse du fauteuil à gauche, pour les visiteurs et à droite, celle de l'armoire à vêtements. Puis la porte de la salle de bains. Roy Slatter connaissait le plan par cœur : quinze ans passés ici...

Et le lit maintenant, de plus en plus net devant lui au fur et à mesure qu'il tournait le bouton. Roy Slatter tourna frénétiquement le bouton à bout de course et toute la chambre était illuminée comme en plein jour, avec le lit aux draps immaculés au milieu.

— *No... No!... No!* cria-t-il entre ses dents en écrabouillant le préservatif dans son poing gauche.

Il n'y avait plus personne dans le lit !

La brune avait disparu !

Et ceux qui étaient venus ici l'enlever par l'extérieur de l'hôpital avaient poussé le vice jusqu'à refermer la fenêtre derrière eux en passant la main par le trou dans la vitre. Le trou par où s'engouffrait l'air froid du dehors.

Pas plus large que la ventouse de plombier qui leur avait servi à retenir le morceau de verre taillé au diamant pour ne pas faire de bruit.

Trente secondes après, toutes les fenêtres de l'hôpital s'illuminaient des quatre côtés à la fois et dans la chambre de la kidnappée, l'infirmière de garde de l'étage et trois malades valides surgis de leur chambre contemplaient, effarés, un vieux et une vieille qui se battaient par terre devant un lit vide comme des galapiats dans une cour de récré.

Avec une ahurissante *french-letter* en zig-zag sur le pas de la porte.

Et à côté de celle-ci, un policeman dormait du sommeil du juste, à quatre pattes, comme les bébés.

*
**

Tous les bureaux de police sont les mêmes à travers le monde et Boris et Aimé se sentaient déjà chez eux ici comme s'ils y avaient travaillé depuis vingt ans, même sous la carte du Comté en anglais, pas en français.

L'appel téléphonique les avait arrachés à leur dernier scotch à la *Pump House,* à l'issue d'un fameux dîner.

Et maintenant, ils avaient à côté d'eux, sur la chaise tubulaire faisant face au sergent-detective, Jeremy Chamberlain, un petit vieux sec et vert.

Effondré. Rouge de honte.

Et qui venait de tout raconter...

Chamberlain se pencha vers Roy Slatter :

— Vous savez ce que vous risquez ? Surtout si on ne la retrouve pas ?

Il sourit des dents. Pas des yeux.

— Quatre ans de prison. Peut-être plus (1).

Le préservatif spécial dormait sur le plastique du bureau.

Odieux.

Jeremy Chamberlain l'attrapa et il le jeta derrière lui en se levant à renverser son fauteuil :

— *You're just garbage! Garbage!* hurla-t-il.

Il se calma aussi vite qu'il s'était empourpré et, vers Brichot, d'une voix lente :

— Ça veut dire : ordure.

Brichot essaya un petit sourire :

— Merci. Mais ça n'avait pas besoin d'être traduit.

Il se tourna vers celui qu'en France, un équipier en second appelle : sa flèche, et qui s'appelle *leader* au Royaume-Uni et s'immobilisa.

Stupéfait !

Jamais il n'avait vu Boris blanc comme ça !

***

A peine le vieux fou expulsé du bureau, Jeremy Chamberlain tendit une cigarette à Boris, puis à Aimé.

— Désolé, Boris, fit-il d'un ton durci, mais tout est changé désormais. Vous le réalisez, n'est-ce pas ?

Boris jeta un bref regard de biais à Aimé.

— Soyez plus précis, voulez-vous ? dit-il lentement.

Le *sergent-detective* détourna les yeux, visiblement gêné :

— Surtout ne le prenez pas mal, mais...

Il hésita encore :

(1) Les délits de complicité d'enlèvement et de séquestration sont sensiblement les mêmes au Royaume-Uni et en France.

— Boris, gardez-moi toute votre amitié, s'il vous plaît, mais voici : je viens de recevoir des ordres de mes supérieurs. Ça vient de très haut, à Scotland Yard. On me dit de vous remercier tous les deux pour l'identification de Brigitte, mais on me fait vous dire aussi qu'on n'a plus besoin de vous. *Sorry, Boris, really sorry...*

Boris éteignit doucement sa cigarette dans le cendrier devant lui.

— Je vois... Nous sommes en Angleterre, c'est à la police anglaise et à elle seule de reprendre l'enquête.

— Exact...

Chamberlain devint subitement tout rouge.

— C'est idiot ! Je le sais comme vous. Mais les ordres sont les ordres...

Boris se leva :

— Oui... Je ne vous en veux pas. Chez nous aussi, la Direction du quai des Orfèvres aurait peut-être eu la même réaction.

Il se tourna vers Brichot :

— Eh bien, on rentre à Paris, vieux, tu ne crois pas ?

***

Le téléphone grésilla sur la table de nuit séparant les lits jumeaux de la grande chambre de l'*Holiday Inn*, dans Lower Castle Street, au centre de Bristol. Boris décrocha nerveusement. Dehors, la pluie battait la vitre dans la nuit.

— Ah, patron !... Merci de me rappeler et mille excuses de chercher à vous joindre si tard.

A l'autre bout du fil, la voix de Charlie Badolini était grave, mais nette et précise :

— Un truc grave ?

— Deux, patron. Un : Brigitte a été kidnappée tout à l'heure à l'hôpital de Bristol. Deux : sur ordre supérieur de Scotland Yard, nous sommes congédiés.

Silence dans l'écouteur, bref toussotement, le mot de Cambronne et puis :

— Nous voilà frais. On ne peut rien contre. Vous êtes à l'étranger. Si la police anglaise ne veut plus de vous, il n'y a qu'à s'incliner...

Il redit encore le mot de Cambronne trois fois, et ajouta :

— C'est trop con... Parce que, est-ce qu'il est vraiment à la hauteur, ce Chamberlain ?

Aimé Brichot arracha le combiné aux mains de Boris avant que celui-ci ait pu répondre :

— Boris ne vous a pas dit ce qui est véritablement l'essentiel. Normal, sa modestie en souffrirait. Il s'est passé une scène étonnante quand Chamberlain nous a raccompagnés sur le seuil de l'hôtel de Police.

« Il a soudain attrapé Boris par le bras et il l'a supplié de rester ! Oui ! Contre ses ordres venus d'en haut. Il répétait que Boris était un crack, que lui seul pouvait l'aider, lui, petit *sergent-detective* de province, qu'il avait besoin de son flair, etc.

— Alors ? fit la voix bourrue de Charlie Badolini.

— Alors, reprit Brichot, toujours aussi surexcité : il nous a demandé de rester quelques jours. En touristes...

— En touristes ? coupa le Chef de la Brigade Mondaine.

— Oui, à titre purement privé. On visite la région, quoi ! Mais lui, il nous tient au courant de son enquête en douce. Dans l'espoir que Boris ait une de ses fameuses intuitions, vous comprenez ?

Ça toussa tellement à l'autre bout du fil que

Brichot à son combiné et Boris à son écouteur devinèrent que leur boss, d'émotion, n'avait pas pu résister à rallumer une cigarette sans filtre spécial, une vraie.

— Et vous avez accepté ? finit par articuler la voix éraillée de Charlie Badolini.

— Bien sûr, patron. Mais avec votre autorisation, bien sûr.

— Vous êtes dingues tous les deux ! Vous vous rendez compte de la situation dans laquelle vous vous mettriez, et moi avec ? Ça va se savoir tout de suite, cette combine !

Brichot se mordilla les moustaches :

— Patron, qui se fera taper sur les doigts, au cas où ? Chamberlain. Pas nous. Il prend ses risques. Et il y va de la vie de Brigitte, non ?

Un long soupir dans le téléphone :

— Bon, allez-y. C'est d'accord. Je vous couvre. Mais, vous vous rendez compte de ce que vous m'obligez à faire ? Dès demain matin, je dois prévenir M. le directeur de la PJ. Et ce sera à lui de demander, au plus haut niveau de Scotland Yard, de revenir sur les ordres donnés à Chamberlain vous concernant... Et si les Anglais refusent, hein ?

Boris reprit le combiné :

— Eh bien, patron, on aura gagné une journée. Ce sera déjà ça.

CHAPITRE V

Robinson Sullivan n'était pas homme à laisser éclater vulgairement sa satisfaction.

Il tira une lente bouffée de sa cigarette à bout doré, debout devant la fille jetée par terre devant lui sur le carrelage de l'orangerie. Nue, avec son bracelet brésilien au poignet gauche.

— Petite idiote, fit-il dans son français parfait. Tu croyais vraiment qu'on m'échappe, à moi...

Il souleva du bout de sa chaussure faite sur mesure chez son bottier de Chelsea, à Londres, le menton de Brigitte.

Le reflet du cuir astiqué *spit and polish* (1) par Douglas Homestead brunit le menton de celle qui avait voulu mourir pour lui échapper.

En bout de pièce, Douglas, le gros rougeaud et le grand maigre, Philip, faisaient une belle paire de satisfaits. Le boss pouvait être content d'eux, ils avaient récupéré la fille, par une échelle posée contre le mur de l'hôpital, tout simplement, vraiment en extrême limite : Brigitte avait repris conscience dans la voiture. Hurlante comme une possé-

(1) Crache et astique. La seule méthode pour vraiment faire briller une chaussure.

dée. Il avait fallu que Philip lui dévisse la tête à tour de gifles pour la mater.

Maintenant, elle avait encore les joues rouge feu. Et le bout de chaussure lustrée lui soulevait le menton jusqu'à ce que Robinson Sullivan puisse voir, au-dessous, le début de la gorge et des seins écrasés sur le carrelage.

Brigitte le fixa avec un regard qui, à la limite, forçait l'admiration :

— *Please, drug me again, quickly. Please.* (1)

Robinson recula son pied. Mais le menton de Brigitte ne retomba pas sur le carrelage. Elle se relevait. Sur les coudes d'abord, puis sur les genoux. Puis tout entière. Et maintenant, elle était là devant lui.

Debout. Nue.

Avec son ventre épilé, ses seins lourds et tendus. Ses mâchoires qu'il avait fallu deux mois pour forcer, comme le chemin de ses reins ! Et elle suppliait qu'on recommence à la droguer ! Récupérée sans avoir parlé ! Vaincue ! Brisée !

Robinson Sullivan fit le tour de la Française qui avait compris que tout espoir était perdu. Fantastiques, les seins un peu lourds pour la finesse de la taille. Il faudrait les alourdir davantage. Les clients anglais, et pas seulement eux, adorent les poitrines lourdes qui se tiennent encore chez les filles de dix-huit ans. Il existe des hormones pour ça. Elles développent aussi les fesses. Ça donne un cul somptueux, comme les seins...

Les genoux de Brigitte s'entrechoquaient.

Sullivan se posta devant elle et cette fois, c'était de l'index qu'il lui relevait le menton. Il était

(1) S'il vous plaît. Recommencez à me droguer. Vite. S'il vous plaît.

immense, ses yeux larmoyaient, il devait se pencher. Dehors, on entendait le vent qui secouait les cèdres deux fois centenaires. Dans une pièce voisine, Eva geignait.

Une Danoise, une fille au pair venue de Horsens au Danemark se jeter dans le même piège. On ne pousse ces longs geignements de gorge que lorsqu'on est sur le perchoir à dilater le chemin des reins. Eva n'était arrivée ici que voici quinze jours. On augmente tous les jours la taille du pal, sur le perchoir. Un mois et demi encore avant d'avoir, dans le chemin des reins, sur le perchoir, la dernière taille du jeu de pals. Celle qui est épaisse comme le poignet...

Le noble de quarante ans dégénéré abandonna le menton de Brigitte. Puis il se pencha sur elle. Les vitres de l'orangerie vibraient. Il y allait avoir tempête cette nuit.

— Et si je ne te droguais plus ? Ce serait intéressant, non ?

Brigitte le fixa droit dans les yeux :

— Ne soyez pas idiot.

Il rit :

— Tu as oublié d'être bête, toi...

Il se tourna vers Douglas :

— *Orangeade, please.*

En français ou en anglais, le terme est le même.

***

Brigitte prit le verre que lui tendait Douglas, le gros rougeaud. Dedans, une orangeade banale...

Mais avec vingt gouttes spéciales, soigneusement comptées à la sortie du goutte-à-goutte.

Elle fixa encore le sixième comte de Sullivan droit dans les yeux :

— *You're garbage,* fit-elle.

Puis elle but, jusqu'au bout, sa ciguë :

— Dans combien de temps ? fit-elle.

C'était fabuleux ! Elle était là, nue devant un monstre dans l'orangerie d'un château antique, et c'était elle qui posait les questions !

Robinson Sullivan ralluma une cigarette :

— Tu veux dire : dans combien de temps tu vas redevenir un légume ?

Il eut tout le temps de regretter sa question : la fille nue, épilée, et aux seins en poire, le regardait avec pitié.

Oui avec pitié !

Il eut du mal à avaler sa fumée :

— Tu as encore dix minutes de conscience...

Derrière la porte, les geignements de la Danoise sur le perchoir s'étaient transformés en plaintes suraiguës.

Brigitte alla coller son front à la vitre :

— *Please,* vous savez que je ne peux pas m'échapper. Laissez-moi me promener dix minutes dans votre parc.

Elle frémit :

— Il est si beau. Beau comme la liberté.

Robinson Sullivan la fixa :

— J'ai besoin d'argent pour sauver mon parc, et mon château, tu sais...

Brigitte avait déjà ouvert la porte à double battant de l'orangerie. Le vent s'engouffrait dedans. Elle se retourna. Tranquille comme une fille habillée :

— Vous, vous avez honte...

Puis elle sortit dans la nuit, lentement. Poumons ouverts à ses dernières minutes de conscience.

Et de liberté.

Avant que la drogue refasse d'elle une esclave sexuelle consentante.

***

Douglas et Philip la récupèrent pas très loin, sous le massif de rhododendrons que les touristes du mois de mai allaient admirer.

Facile de porter à deux une fille nue qui raconte entre ses dents des tas de cochonneries.

Ils posèrent Brigitte sur la table à gibier Louis XV achetée par un ancêtre de Robinson, lors de la vente des meubles du château de Versailles.

Le sixième earl of Sullivan s'approcha de la chose abandonnée, bras et cuisses ouverts, en travers de la table. La fille qui avait eu le courage de vouloir mourir en reprenant conscience à cause du froid. La petite Française de rien de tout venue ici pour apprendre l'anglais, courageusement, comme fille au pair.

Tombée dans le piège.

Et récupérée.

Après son sursaut d'orgueil.

De l'orgueil, il en avait lui-même, lui, le sixième earl du nom de Sullivan. Ses yeux rouges et perpétuellement larmoyants étaient un héritage de son grand-père, Jonathan Badeyes Sullivan, le quatrième comte de la lignée. Et un héritage, on n'y touche pas, même si la médecine moderne aurait pu apporter une guérison définitive grâce à une petite intervention chirurgicale. Au contraire, Robinson Sullivan faisait d'une certaine manière de ce qui était normalement une tare, un signe distinctif; il avait pris pour habitude de porter un masque de cuir noir. Ce petit jeu avait, à son avis, plusieurs avantages, mais celui qui lui importait le plus était d'inspirer la peur.

Il se pencha sur le corps au sexe épilé. Aux mâchoires forcées, au chemin des reins dilaté par deux mois de « perchoir », jour après jour.

Et qui avait eu la ressource de fuir ! Malgré la drogue ! La force aristocratique de préférer mourir plutôt que de rester esclave.

Il se pencha encore sur la pauvre chose endormie sur la table à gibier :

— Pardon, murmura-t-il à voix basse pour que personne d'autre que lui-même ne l'entende. Pardon, Brigitte Hentier. Mais j'ai besoin de toi pour survivre...

Le vent venu de l'Atlantique redoublait. Les vitres de l'orangerie battaient. Robinson Sullivan souleva Brigitte dans ses bras et il avait les yeux comme fous :

— Qu'est-ce que vous attendez ! hurla-t-il vers Douglas et Philip. Où est la caméra ? Où sont les fouets ?

***

Cinq minutes plus tard, Brigitte pendait, épaules distendues, poignets enchaînés au crochet qui, autrefois, soutenait un lustre à quarante bougies. Elle avait les chevilles écartées à l'équerre par une barre de force. Son menton touchait sa gorge.

Salomon, le petit cameraman gros et brun de la séance sur la plage, releva son nez de dessous le viseur de la caméra :

— C'est OK, boss.

Robinson Sullivan alla se coller au corps suspendu. Le tweed de sa veste frottait les seins réenduits de « septième ciel ». Brigitte lui tendit ses lèvres, avide, mais il se recula. Avant de revenir dévorer passionnément des lèvres la Française brune au cœur de lion suspendue, écartelée, au crochet du plafond.

Puis il courut s'asseoir dans le fauteuil en ébène du premier Earl of Sullivan. Celui qui avait fondé la fortune de sa famille avec le commerce des esclaves. Et qui devait faire suspendre les négresses devant lui pour le fouet. Histoire de mater ces nègres esclaves alignés en rang d'oignons devant la négresse de dix-huit ans secouée par le fouet comme un pendu devant eux.

Robinson Sullivan se remplit à ras bord un verre à vin de whisky et il le vida cul sec. C'était la première fois que Brigitte allait être fouettée...

— Salomon ? fit-il en reposant son verre vide sur la table basse.

Le petit brun gros lui fit signe du pouce que tout était prêt.

Robinson se tourna vers Douglas :

— *Go ahead* (1).

Le cinglement du fouet à chien fit faire à Brigitte un bond à quatre-vingt-dix degrés sous les menottes qui la suspendaient au plafond.

Salomon filmait. Paisible.

Déjà le sang commençait à perler par endroits dans la zébrure qui avait traversé le gras des fesses.

Salomon zooma sur la zébrure.

Pour que le film, à réception, montre bien le sang coulant en perles rouges.

***

(1) Vas-y.

Au château de Moonfleet, près de Bristol, les touristes ont accès à tout. A la partie historique du château, au parc floral qui est une merveille. Mais un tiers des bâtiments étaient privés.

L'orangerie.

Les trois pièces attenantes.

Puis les chambres des larbins : Douglas, Philip et Salomon.

Et l'appartement du maître des lieux. Deux cents mètres carrés sous les toits.

Et les caves.

Où dorment les filles la nuit.

Le cheptel dont le commerce permet de remplacer les tuiles du toit, pour ne parler que de ça.

Il y avait cinq caves à Moonfleet, dans la partie privée. Dans la première, le vin de Bordeaux. Dans la seconde, les fromages, français pour les trois-quarts. Dans la troisième, les fouets, les barres de force, les godemichés en acier, tous les ustensiles à martyriser les « filles au pair » tombées dans le piège. Dans la quatrième, insonorisée, les filles de passage enchaînées au mur par un collier. A cinq ou six, geignantes. Bétail en transit qui roule au gré des commandes...

La cinquième cave était vide, ce soir-là. Et pourtant c'était celle de la fille qui a plu infiniment plus que les autres.

Celle que Robinson Sullivan avait envie de supplicier spécialement sous les projecteurs qui illuminent la cave.

Mais la cave numéro cinq était vide ce soir-là.

Parce que tel était le bon plaisir du maître des lieux.

***

C'était exprès que Robinson Sullivan avait installé le perchoir au centre de la pièce du château où le bibliothécaire d'un de ses ancêtres avait autrefois découvert l'existence d'un gaz appelé l'azote.

Par pure dérision personnelle.

Il se cala les fesses dans son canapé de cuir et ajusta son masque en cuir noir sur ses yeux. A portée de main, une bouteille de whisky de la meilleure marque. Et de beaucoup plus que douze ans d'âge.

Tout était en règle dans la maison. Douglas et Philip avaient ramené Eva la Danoise à sa place pour la nuit. Salomon, le cameraman, avait fourni à l'heure promise ses bandes magnéto.

Dont l'image se déroulait maintenant sur l'écran TV géant face à Robinson Sullivan.

Toute la séquence du fouet de Brigitte suspendue.

Une demi-heure de fouet.

Sans le son.

Robinson Sullivan avait tourné le bouton pour le couper. Il avait horreur d'entendre hurler une fille.

Robinson Sullivan tapota des touches de marque japonaise. Là-bas, l'écran géant en perdait la tête. Les images « sautaient ». Une fille à plat ventre, cul offert. Puis une autre sur le perchoir. Puis une image de reptation dans les orties. Et c'était Brigitte qui rampait dans les orties, au fond du parc, là où on ne tond plus...

Le sixième comte Sullivan obtint enfin ce qu'il voulait avec le boîtier de sa télécommande : le strip-tease de Brigitte sur la plage de Weston-super-Mare.

Fabuleux.

Il vendrait le film des fortunes aux USA, au Canada, en Afrique du Sud...

La liste des pays défilait dans sa tête.

Tout le monde occidental.

Et pas que lui : les Russes commencent à acheter

aussi les clips pornos. La Nomenklatura russe est richissime. Il était bien placé pour le savoir. Déjà neuf films pornos d'une heure vendus là-bas. A 50 000 livres sterling le film (1), prix d'ami...

Mais de quoi se refaire peu à peu le toit du château de Moonfleet qui laissait couler l'eau à chaque orage...

Sur l'écran vidéo géant, face au sixième comte Sullivan, la petite Française épatante dansait sous la bruine de la plage de Weston-super-Mare.

Bandante à faire sauter les boutons de son pantalon.

Robinson Sullivan fit signe à Douglas et Philip qu'il n'avait plus besoin d'eux.

— Allez vérifier les deux filles à la cave.

Attachées au collier dans la cave insonorisée...

Douglas réapparut dans l'encadrement de la porte :

— *No problem, boss.*

Et il expliquait : les deux filles à la cave étaient sages. *No problem.*

Robinson Sullivan agita la main droite :

— Remontez-moi la Française...

Douglas partit et revint au quart de tour avec sa proie.

Il n'y avait plus, dans l'orangerie du vieux château ancestral de Moonfleet, qu'un noble décavé longiligne d'une quarantaine d'années portant un masque de cuir noir sur les yeux face à deux spectacles :

Un : la fin d'un clip porno sur l'écran TV, avec une brune à poil, sur une plage sous le crachin, qui sort

(1) Un peu plus de 500 000 francs.

sa langue vers l'objectif, nue à plat ventre et relevée sur les coudes pour qu'on voit les seins. Et leurs pointes gonflées à la pommade appelée « septième ciel ».

Et deux : la même brune à côté de l'écran.

La même fille que sur le clip de la plage de Weston-super-Mare qui, l'un dans l'autre, et tous frais payés, y compris la part de ses trois domestiques Douglas, Philip et Salomon, rapporteraient à Robinson Sullivan rien que sur le marché anglo-saxon au moins cinq millions de francs français, pour calculer la somme dans la langue de la fille qui ne toucherait pas un centime.

La fille devant lui.

Au milieu de l'orangerie du château.

Empalée sur le perchoir.

Robinson Sullivan s'approcha de Brigitte Hentier, de Jouy-en-Josas, France.

Le « perchoir » était un tout petit truc rond de vingt-cinq centimètres de diamètre au plus.

Et là-dessus, Brigitte retrouvée.

Brigitte reconquise.

Heureuse.

Le sourire heureux sur le pal du perchoir retrouvé !

Elle avait eu droit à une double ration de gouttes spéciales avant de monter sur le perchoir.

Toute seule.

Sans aucune main charitable pour l'aider à grimper sur le plateau de bois d'ébène.

Ni pour l'aider à s'empaler sur le membre de taille 12, la taille maximum. Celle qui risque de casser à jamais les muscles internes de cet endroit où les garçons sont pareils aux filles...

Robinson Sullivan vida jusqu'à la dernière goutte sa bouteille de whisky dans son verre.

— Tchin, Brigitte !

Qu'est-ce que pouvait répondre la fille brune et nue assise sur le pal du perchoir ?

Brigitte avait dans les fesses le plus énorme des godemichés de la collection du sixième compte Sullivan.

Elle était re-droguée.

Elle était fichue.

Elle était sur le perchoir abominable.

Punie d'avoir voulu mourir.

Droguée à mort.

Heureuse.

Abominablement heureuse.

CHAPITRE VI

Jeremy Chamberlain tendit les trois portraits-robots à Roy Slatter. Son équipe d'enquêteurs du district avait travaillé toute la nuit sur les indications du retraité.

— Alors ?

Le vieil homme était frais comme une laitue après avoir dormi à peine trois heures, comme tout le monde ici.

Il se pencha :

— Correct. Tous les trois.

Il releva le nez. Pas peu fier, en plus, d'avoir fait preuve d'un aussi sérieux sens de l'observation !

Boris attrapa les dessins. Chapeau. N'importe où, les trois salopards seraient immédiatement reconnaissables. Il les passa à Brichot. Celui-ci sourit à Jeremy :

— Vous avez des dessinateurs hors pair.

Boris soupira :

— Il ne reste plus qu'à croiser les doigts...

Chamberlain pigea au quart de tour.

— Oui. Vous pensez bien que tout ça est déjà parti au fichier central.

Il se tourna vers Ginger Fuvy, le jeune policier à la chevelure rousse, debout derrière Roy Slatter.

— Ramenez-le.

Resté seul avec Boris et Aimé, il dénoua sa cravate et ouvrit son col.

— On sera fixés rapidement.

Une secrétaire aux longs cheveux blonds entrait avec un plateau. Des tasses. Une théière fumante. Un petit bol de lait et un sucrier.

Ils savourèrent tous les trois leur première tasse de thé de la journée.

— Et si ça ne donne rien ? fit Boris entre deux gorgées de thé. Je veux dire : si les trois bonshommes sont inconnus au bataillon...

Chamberlain leva les bras au ciel :

— Dans ce cas, on est fichus.

Boris grimaça :

— Surtout Brigitte. Ce n'est pas seulement un sale quart d'heure qu'ils ont dû lui faire passer hier soir. Ça doit continuer...

Il se pencha :

— Jeremy, on est amis et je ne veux pas vous créer d'ennuis. Mais vous pourriez nous rendre un service ?

Chamberlain fronça les sourcils :

— Tout dépend lequel... Je n'ai plus tout à fait les mains libres avec vous, hélas.

Avant la confrontation de Roy Slatter et des portraits-robots, Boris lui avait fait part de son coup de fil à Charlie Badolini. Et le *sergent-detective* avait émis les plus sérieux doutes sur un revirement éventuel, à Scotland Yard.

— Un dernier service, insista Boris. Dans l'intérêt de Brigitte comme dans le vôtre. Et il n'est pas bien compliqué. Où sont les sex-shops de Bristol ? Vous pouvez me donner les adresses ?

Chamberlain éclata de rire :

— Je vais vous étonner, mon vieux, mais il n'y a

pas de sex-shops à Bristol. C'est une ville très prude, vous savez.

— Ah..., fit Boris. Alors, une autre question : le moyen le plus rapide d'aller à Cardiff, c'est la route ou le bateau ? Il y a sûrement une navette par mer à travers l'estuaire de la Severn.

— Bien sûr. Toutes les heures. Et effectivement, c'est le meilleur moyen d'aller à Cardiff sans s'enquiquiner dans les... Comment dites-vous *traffic jams* en français ?

— Embouteillages.

— Voilà, les embouteillages, merci. Nous, on dit confiture de trafic, vous, vous mettez ça en bouteille. Normal pour des buveurs de vin...

Il se concentra :

— Pourquoi voulez-vous aller à Cardiff ?

Les yeux noirs de Boris se durcirent :

— Parce que la solution est peut-être là-bas.

Le *sergent-detective* fit le tour du bureau :

— *Please*, ça mérite une explication, non !

Boris tendit la main vers le préservatif spécial qui trônait toujours au milieu du bureau :

— La Jaguar a été volée à Cardiff, vous me l'avez dit. Cardiff est une ville suffisamment importante pour qu'il s'y trouve des sex-shops. Le préservatif a peut-être été acheté là-bas.

Le téléphone grésilla sur le bureau :

— *Excuse-me*, fit Chamberlain en décrochant.

Il était blême en reposant le combiné dans son support.

— Rien au fichier central. Les types sont inconnus de nos services.

Boris tendit la main :

— Jeremy, s'il vous plaît, appelez votre collègue de Cardiff. Qu'il nous envoie quelqu'un avec une voiture au débarquement de la navette. Ça a l'air idiot, mais je ne sais pas pourquoi, c'est peut-être à Cardiff qu'on va commencer à y voir clair.

Chamberlain le fixa, les yeux écarquillés :

— Boris... Je n'ai plus le droit de vous aider... Ne remuez pas le fer dans la plaie.

Boris lui adressa son plus beau sourire :

— Allons, Jeremy, un bon mouvement. Ils ne savent rien à Cardiff. Où est le risque ?

Le flic anglais se frotta longuement la mâchoire :

— Si vous le jouez à l'amitié... Bon, *all right*. Mais ne me demandez plus rien d'autre après.

Il attrapa son téléphone, pour s'arrêter aussitôt :

— D'accord, c'est une bonne idée d'aller à Cardiff, mais on peut aussi bien le faire, nous.

Boris secoua la tête :

— Tous les vendeurs de sex-shops sont contrôlés par la police. Ils vous repéreront au quart de tour. Tandis qu'ils ne se méfieront pas de deux touristes français.

Chamberlain poussa un soupir :

— Décidément, vous avez réponse à tout.

***

Dans la journée, le château de Moonfleet, une quinzaine de miles au nord-ouest de Bristol, est une ruche à touristes, comme, au sud de Bristol, Bowood, appartenant à la famille Shelburne.

Mais à Bowood, il n'y a pas de filles séquestrées dans des pièces aux murs tendus de liège pendant que défilent les touristes dans les pièces d'exposition...

Robinson Sullivan se leva et fit le tour de son bureau pour aller à la fenêtre. En bas, un groupe de touristes attendaient sur le gravier à la fin de la visite du groupe précédent. Il vérifia machinalement l'importance du groupe. Trente à quarante personnes. Très bien, Moonfleet faisait toujours recette.

Mais pas assez pour ses propres besoins... Dans la famille, on avait toujours eu le goût du luxe, de la vie facile. Et des filles. Le troisième comte avait même failli perdre son titre à cause d'une sombre histoire de fille enlevée. Déjà...

Les comptes passaient et repassaient dans la tête de son descendant. Pas mauvais du tout, pourtant, les chiffres. Trois filles revendues « clés en main » en deux mois. L'une à un Australien, la deuxième à un Chilien et, la dernière, à un Ecossais. Une fois défalquées les frais et les primes versées à ses trois larbins, qui devenaient gourmands ces temps-ci, ça lui laissait près de deux cents mille livres (1) par fille, en liquide. Pas mal...

Plus les cassettes vidéo porno.

Comme celle de Brigitte, l'autre jour, sur la plage.

Mais celle-là, il attendrait un peu pour la vendre que les choses se calment...

On frappait à la porte : c'était ce gros rougeaud de Douglas, l'air enquiquiné.

— Alors ? jeta nerveusement Robinson Sullivan.

Douglas se passait et repassait la main gauche sur la joue :

— Un vieux nous a vus.

Le sixième comte Sullivan alluma doucement une cigarette à bout doré. Etonnamment maître de lui :

— C'est grave ?

— Pas vraiment.

— Explique-toi.

Il n'y a pas de tutoiement en anglais sauf avec Dieu, mais le ton était celui du tutoiement. Et

(1) Environ deux millions de francs.

d'ailleurs, le noble longiligne s'asseyait dans un canapé à fleurs sans offrir ni siège ni cigarette à son factotum.

Douglas Homestead y alla de son topo :

— Un retraité du National Health Service. Il promenait son chien sur la plage. On ne l'a pas vu. Son chien si, au loin, mais il paraissait abandonné. Le type était derrière la palissade du marchand de *fish and chips.*

— Loin de vous ?

— A cinq mètres. Il a tout vu par un trou de la palissade.

— Pourquoi n'a-t-il pas tout de suite prévenu la police ?

Douglas haussa les épaules :

— Un vieux cochon. Quand il a lu le journal et reconnu Brigitte, il s'est mis dans la tête de se la taper à l'hôpital, où il a fini sa carrière d'infirmier. Il est arrivé trop tard. Et il s'est fait piquer.

Sullivan se pencha vers son cendrier sur la table basse :

— En tout cas, Thomas Mills est réglo. C'est toujours ça. Qu'est-ce qu'il t'a dit d'autre ?

Thomas Mills, un contractuel de l'hôtel de police de Bristol. Ils le tenaient par le piège classique : photos avec une fille droguée, etc.

— Le vieux Roy Slatter, c'est son nom, a une mémoire visuelle étonnante. Il leur a permis de tracer de nous des portraits-robots à nous faire reconnaître par le premier passant dans la rue.

Le sixième comte Sullivan haussa les épaules :

— Vous n'avez jamais eu d'histoires ni les uns, ni les autres. Vous n'êtes pas au fichier central.

— OK, my Lord. Mais dans la rue...

Il tendit l'index vers la fenêtre :

— Les touristes... Ils peuvent nous voir... Dans

les journaux de demain, il y aura nos portraits-robots...

Il marqua un temps d'arrêt et puis :

— C'est vraiment un vicelard, le retraité. Il a ramassé la capote qu'on a oublié de reprendre. Elle est sur le bureau de Chamberlain.

Sullivan releva les sourcils. Ses grands yeux gris de lévrier, qui cache son jeu, s'arrondirent :

— Et alors ?

Douglas se contracta :

— Et alors, boss, c'est un modèle qu'on ne trouve que dans une seule sex-shop à Cardiff.

« Là où on a volé la bagnole.

« Pourvu que la police ne fasse pas le rapprochement.

Sullivan haussa les épaules :

— Tu lui prêtes bien du génie, à Chamberlain...

Le gros rougeaud se pencha vers son maître :

— Deux flics français sont arrivés. Deux malins. Ils ont identifié Brigitte depuis Paris rien qu'en réagissant à la photo, en page trois de l'édition londonnienne du *Daily Mirror*. Celle qui se vend à Paris.

Il avala sa salive :

— Ils ont pris le bac pour Cardiff...

Les dents du comte Sullivan grincèrent :

— Tu commences à me fatiguer. Réfléchis un peu. OK, ils vont à la sex-shop. Ils causent au vendeur qui se souvient de toi. Et alors ? Ta gueule n'est pas au fichier, connard ! Où est le problème ?

Douglas Homestead alla à son tour jusqu'à la fenêtre.

En bas, Philip, qui servait de guide aux visiteurs du château de Moonfleet, faisait son exposé préliminaire, assis sur une chaise de jardin, au nouveau groupe de touristes. Philip, dont le portrait-robot paraîtrait demain dans la presse...

— Boss, ce sont deux drôles de flics, je vous assure. Un petit chauve à moustache et lunettes de myope, dingue, paraît-il, d'élégance anglaise au point de passer pour anglais. Et un grand brun étonnant. Avec des yeux qui fouillent...

Il se retourna :

— Boss, j'ai peur. Peur du grand brun.

La longue silhouette en tweed vert et cravate aux armes de son club se déplia dans le canapé à fleurs.

— Ils ont pris le bac à quelle heure ?

— Midi.

— Bon, une heure de traversée, plus une demi-heure pour arriver à la boutique... la boutique fait la journée continue ?

— Oui.

Les mocassins en croco allaient et venaient sur la moquette épaisse.

— Appelle-moi la boutique et passe-moi le responsable.

Les dents superbement rangées du fils de famille brillèrent quand il ouvrit ses lèvres pour sourire :

— Tout homme a son prix, n'est-ce pas ?

*
**

La troisième et dernière sex-shop de Cardiff que Boris et Aimé avaient sur leur liste, était dans Duke Street, à droite du château datant du quinzième siècle. La boutique voisine, ça ne pouvait pas s'inventer était un magasin d'articles religieux. Ça devait batailler ferme dans l'association locale de petits commerçants entre les patrons des deux magasins voisins. Le religieux et le porno.

Enseigne discrète. Vitrine voilée de noir, comme

partout. Boris poussa la porte avec Aimé sur les talons. Le jeune détective brun à peau de fille venu les prendre au bac les attendait dehors.

Dedans, le capharnaüm classique des sex-shops, net et bien rangé. La bibliothèque à gauche, avec les titres rangés par spécialités. A droite, les posters. Au fond, les vidéocassettes et au centre, la vitrine aux fouets, menottes, godemichés, etc.

Personne dans la boutique sous l'éclairage discret. A part le vendeur qui venait nonchalamment de l'arrière-salle :

— *May I help you ?* (1)

Boris sortit de sa poche la *french-letter* à tête d'oursin caoutchouteux.

— *Yes, please.* Je voudrais le même modèle.

Le vendeur pâlit un peu. Oh, rien de net, juste une impression fugitive... Juste un tout petit début d'apparition d'un fil sur lequel il serait certainement très dur de tirer...

— Mais bien sûr, Monsieur.

Il ouvrait un tiroir :

— Combien ?

Boris parut réfléchir :

— Une demi-douzaine.

Il rit en agitant le truc devant lui :

— Vous en vendez souvent ?

Le vendeur baissa les yeux :

— *No, Sir.* Vous êtes le premier client à m'en demander depuis trois mois.

***

Maintenant, ils remontaient tous les trois Duke Street vers le parking face au château.

(1) Je peux vous aider ?

— Monsieur Hammock, fit Boris, puis-je me permettre de vous demander de faire tout de suite ce dont je vous ai parlé ?

Le flic anglais à peau de fille s'inclina :

— *Of course, Sir.*

Le *sergent-detective* Chamberlain de Bristol avait appelé son alter ego de Cardiff, tout à l'heure.

Hammock courut vers la voiture-radio rangée devant le château et, aussitôt dedans, il décrocha le combiné :

— Vous pouvez y aller.

***

Comme c'est fascinant, les progrès de la technique ! Ils étaient là tous les trois, dans la Rover de l'hôtel de police de Cardiff, de l'autre côté de la Severn par rapport à Bristol et ils entendaient tout, par le biais d'un relais satellite. Ils reconnurent.

La voix du vendeur :

— Ça y est. Ils sont venus. Le petit chauve habillé à l'anglaise et le grand brun en veston sur son jeans. Oui, le grand brun m'a acheté la capote-oursin. Une demi-douzaine.

« Et oui, il m'a demandé si j'en vendais souvent des capotes-oursin de ce type-là. Je lui ai dit que non et qu'il était le premier à m'en demander depuis trois mois.

— Comment il avait l'air ?

Il y eut un silence de quinze secondes et puis :

— Très fort. Très, très fort.

Et la voix, à l'autre bout du fil :

— Merci. L'argent vous sera remis à l'endroit convenu et à l'heure dite.

Bruit d'un téléphone qui se raccroche.

— Vite ! fit Boris. Où l'appel du vendeur a-t-il été reçu ?

Hammock décrocha l'autre combiné. Celui qui reliait la Rover directement au poste de police de Cardiff.

Il avait l'air sincèrement désolé en raccrochant :

— *Sorry,* Sir. Les collègues ont vérifié. L'appel provient d'une cabine publique. A Weston-super-Mare.

Boris avait pris la tête du type qui réfléchit à toute vitesse. Et, tout à coup, sa grande carcasse de fauve breton se rua hors de la Rover en direction du sex-shop.

— Vite ! Avant qu'il ne soit trop tard !

***

Douglas Homestead écarta de sa cuisse, dans la poche de son pantalon, le pistolet au silencieux encore brûlant. Autour de lui, la foule des touristes venus visiter le château du marquis de Bute, à Cardiff. Foule semblable, en plus serrée, à celle qui visitait Moonfleet.

Là-bas, trois types ressortaient comme des fous de la sex-shop de Duke Street. Un détective à peau de fille de vingt-cinq ans au plus. Un petit chauve moustachu trop british d'allure pour être vraiment british. Et un grand brun en veste et en jean. Avec les yeux du type qui serait le premier à inventer la roue si ça n'avait pas déjà été fait.

Hammock bredouillait au téléphone :

— Balle dans la tête. Mort sur le coup !

Trente secondes plus tôt, ils avaient trouvé le vendeur étalé dans son sang au milieu de la boutique...

*
**

Jeremy Chamberlain raccrocha lentement son téléphone en fixant tour à tour Boris et Aimé :

— On peut dire que vous avez un boss fortiche, vous... C'est fait, Scotland Yard accepte de revenir sur les ordres. Vous continuez à collaborer avec moi.

Il sourit :

— Ouf, je préfère...

Mais il arrêta aussitôt du geste les sourires de triomphe de Boris et d'Aimé :

— Désolé, *my friends*, mais il y a une condition... Si on gagne, je veux dire : si on gagne grâce à vous, vous n'y serez officiellement pour rien. Tout le bénéfice sera pour nous. Dégueulasse...

Boris haussa les épaules :

— Mais non, mon vieux. On s'en fiche, nous. Tout ce qui compte, c'est de retrouver Brigitte.

*
**

Sous le premier pont suspendu de l'humanité, la marée remontante devait commencer à faire refluer les eaux de la rivière Avon. C'était l'heure du five-o-clock. L'heure de la tasse de thé brûlante.

Boris grimaça en avalant une petite gorgée. C'était vraiment très brûlant.

Il releva la tête vers Jeremy Chamberlain :

— Vous commencez à me prendre au sérieux, maintenant ?

Le *sergent-detective* souleva les sourcils :

— Pige pas...

Boris rebut une petite gorgée prudente :

— Mais si... Les trois lascars des portraits-robots, ce n'est rien.

Il se frotta le pouce avec l'index et ajouta :

— *Just nuts* (1).

Il récupéra les photocopies des dossiers sur le bureau :

— Vous avez vu ? Un gros rougeaud aux yeux de veau. Un grand maigre l'air mou comme une chique.

— Une chique ?... fit Chamberlain, je ne comprends pas.

Boris expliqua et puis :

— Et un petit brun gras et flasque. Une lope.

Il traduisit avant que Chamberlain ait posé la question.

Il agita les photocopies :

— Il y a un cerveau derrière ces trois imbéciles ! Un type qui tire les ficelles. Vous avez entendu l'enregistrement comme moi. Il a manipulé le vendeur. Il lui a offert suffisamment pour qu'il se taise. Puis il l'a fait tuer. Par précaution.

Boris se pencha en avant :

— Je vais vous étonner, Jeremy, mais à mon avis, il ne faut pas donner les photocopies des portraits-robots à la presse.

— Et pourquoi ?

Boris attrapa le paquet de Marlboro du *sergent-detective :*

— *Excuse me...*

Une petite voix s'éleva dans son dos. Celle d'Aimé Brichot :

— Parce que, si vous les faites publier, les types vont se cacher. Disparaître dans la nature. Si vous ne le faites pas, ils vont reprendre confiance.

Aimé Brichot rectifia le nœud de sa cravate :

(1) Juste des noisettes. En anglais, ça veut dire quelque chose comme : juste un détail.

— Et ils sortiront de leur trou... Il se paya le luxe d'ajouter : « Elémentaire, mon cher Watson. »

Pas peu fier de lui.

Chamberlain rigola :

— Bon. OK, message reçu...

Il n'arrêtait pas de rigoler en direction de Boris :

— Marrant, votre équipier... Vraiment marrant.

Boris sourit :

— On fait ce qu'on peut.

Il se fouilla et jeta sur la table le paquet de six capotes :

— Pour votre musée local.

Jeremy Chamberlain le fixa sans toucher au paquet :

— Vous, vous avez une idée derrière la tête...

Boris fit signe que oui.

— Alors ?

Boris tamponnait son mégot dans le cendrier bien plus longtemps que nécessaire :

— Vous n'avez pas eu la Révolution, vous...

Chamberlain se cabra dans son fauteuil pivotant :

— Le rapport ?

Boris haussa les épaules :

— Chez vous, on continue à avoir du pouvoir quand on est noble. Du pouvoir admis, vous voyez ce que je veux dire !

— Le rapport ? insista le *sergent-detective.*

Boris lui repiqua une Marlboro, mais ce n'était plus pour l'allumer, juste pour jouer avec entre les doigts.

— Il faut de la place, Jeremy pour dresser des filles. Il faut un endroit grand, il faut des hommes de main.

Il examina la Marlboro présentée devant lui entre pouce et index :

— Il faut aussi du vice. A l'anglaise. Excusez-moi,

mais vous êtes le pays-type des affaires sexuelles compliquées, ne me dites pas non.

La cigarette virevoltait entre ses doigts :

— Il y a une classe sociale, chez vous, qui est la championne mondiale incontestée des complications sexuelles. La vieille classe des nobles dégénérés. Décavés... Ça veut dire, en gros : ruinés...

« Il n'y a pas eu de révolution chez vous, je vous le répète. Les nobles gardent toute leur aura, même ruinés.

Il finit par planter la cigarette entre ses lèvres.

Aimé Brichot toussota :

— Ça crève les yeux, Jeremy. Il y a dans le coin un noble ruiné qui se fait de l'argent avec un trafic de filles au pair.

Il se gratta la moustache :

— Et il a trois hommes de main qui lui obéissent au doigt et à l'œil parce que chez vous, on a encore le respect des nobles, même décavés.

Jeremy Chamberlain les fixa tour à tour :

— Eh bien, dites-moi, c'est très bien monté, tout ça. Ça se tient, au moins sur le papier.

Boris fit un joli rond de fumée en forme de cœur au-dessus de lui :

— Il y a combien de châteaux dans le coin ?

Jeremy Chamberlain croisa les bras :

— OK, vous avez eu la Révolution de 89 et pas nous. Mais vous savez ce que ça veut dire, aussi ?

Les deux *Frenchies* le fixaient, muets.

— Ça veut dire, cria Chamberlain, qu'il y a au moins cent cinquante nobles dans le coin, décavés comme vous dites, dans leurs châteaux où il pleut sur les meubles de famille !

Il s'arrêta, rouge comme une tomate de Jersey :

— Vous voyez un peu le travail, à supposer que vous ayez raison ?...

A peine les deux Français partis, Jeremy Chamberlain avait convoqué son staff au complet dans son bureau. Et il ne lui avait pas fallu longtemps pour exposer la situation à ses subordonnés.

Pas très confortable pour eux : deux as de la Brigade Mondaine venus de Paris avec des dents longues comme ça pour trouver avant eux Brigitte Hentier et ses ravisseurs.

Et ils avaient une longueur d'avance sur les collègues british puisque c'est eux qui avaient identifié la fille. Depuis Paris ! Et juste avec un article de journal !... Dur à avaler, malgré l'amitié pour Boris...

Chamberlain se mit à arpenter son bureau.

— Suis-je bien clair ? Premier point : il est évident qu'une seule chose compte, gagner. Même si ce sont eux qui gagnent. Deuxième point : il n'est pas question que ce soit eux qui gagnent. Vous voyez l'humiliation, au cas où ?...

Il s'arrêta :

— Je compte sur vous pour arriver au but en tête. Et oubliez que l'inspecteur Corentin est un ami. Je suis anglais d'abord.

Il alluma nerveusement une cigarette :

— Il est encore plus fort que vous ne le pensez. Vous savez la théorie qu'il vient de m'exposer il n'y a pas cinq minutes ?

« Il a trouvé tout seul où il faut chercher, lui, un *Frenchie* !

Il expliqua rapidement le topo de Boris sur la noblesse anglaise.

— Vous vous rendez compte ? Il n'est pas dans son pays et il a déjà tout pigé !

Ginger Fury, le bras droit de Chamberlain, un grand nerveux aux cheveux roux, intervint avec un sourire :

— Jamais il ne nous rattrapera. Dès le début, on a travaillé de ce côté-là, *of course*. On ne va quand même pas lui communiquer notre dossier !

Des pages et des pages d'épluchage de la vie privée de la cinquantaine de nobles de la région...

Chamberlain eut un haut-le-corps :

— Pas question !... Allez, retournez au travail. Nuit et jour. C'est une question d'honneur, hein ?...

Resté seul, le *sergent-detective* de Bristol se mordit les lèvres :

— Pardon, Boris, murmura-t-il, mais je ne peux pas t'aider. *Good luck* (1) quand même... Et que le meilleur gagne !

*
**

Au même moment, Aimé Brichot était immobilisé, bouche bée, devant la vitrine d'un marchand de chaussures, non loin de leur hôtel.

— Regarde ça, Boris. Tu te rends compte ?... Soixante livres la paire de Churchs à double semelle ! Même pas la moitié du prix à Paris ! Bon Dieu...

Boris le laissa rêver encore une petite minute :

— Tu as remarqué la réaction de Jeremy tout à l'heure ?

Aimé Brichot s'arracha à ses fantasmes :

(1) Bonne chance.

— Quoi ?... Quelle réaction ? Pige pas.

Boris sourit :

— Quand je lui ai parlé de la noblesse... Je lui ai de penser qu'il ne croyait pas à ce que je lui disais ? Je vais te le dire : parce qu'il enrage que j'ai pensé au truc.

Il rit :

— Non, mais, il me prend pour un idiot quand il me parle d'au moins cent cinquante nobles dans le coin, ou quoi ?

Il reprit sa marche vers l'hôtel :

— Il a de l'avance sur nous. Il fait un travail de fourmi. Il a les éléments pour le faire, lui... Je suis sûr qu'il a déjà déblayé sérieusement le terrain. Mais il ne nous ouvrira jamais ses dossiers. Il a trop peur qu'on trouve avant lui.

Brichot serra les dents :

— Un beau salaud, oui, ton supposé ami.

Ils entraient maintenant dans le hall de l'hôtel.

— Mais non, fit Boris. L'amitié et le boulot, c'est différent. Je ne lui en veux pas. Il est obligé de se conduire comme ça avec nous, ne serait-ce qu'à cause de ses subordonnés.

— Tu parles ! grinça Brichot.

La porte de l'ascenseur s'ouvrait et ils y entrèrent sur les talons d'un vieil Anglais vêtu d'un tweed que Brichot dévora aussitôt des yeux.

— *Which floor ?* fit l'Anglais dans sa direction en tendant l'index vers les boutons.

Brichot resta bouche bée. Boris lui sourit :

— Il te demande ton étage.

Brichot rougit :

— *Five-o-clock !* lança-t-il, tout fier de parler rosbeef.

L'Anglais le fixa, ahuri. Boris s'empressa en éclatant de rire :

— *Fifth floor, he means* (1).

— *Aoh, yes,* fit l'Anglais en se retenant pour ne pas éclater de rire lui aussi.

(1) Il veut dire : cinquième étage.
Five-o-clock veut dire : cinq heures.

CHAPITRE VII

Là-haut, le dernier avion de la soirée virait sous les nuages en procédure d'atterrissage. L'avion d'Air-France, l'avion venu de Paris.

Après lui, ce serait le silence. Les seuls bruits de la nature ; le rouge-gorge, le *robin* qui crie son besoin d'amour en haut du cèdre bleu de l'Atlas planté par le deuxième comte Sullivan, la femelle du coucou, le *cuckoo* qui pousse son cri lancinant après avoir pondu un œuf dans le nid de la bergeronnette qui se tuera à nourrir un enfant deux fois plus gros qu'elle en quinze jours. Puis, le premier passage feutré de la hulotte anglaise, la *woodhowe,* si différente de ses sœurs du continent à cause de son rang de plumes roses à la base de la gorge.

Et soudain, le chant d'amour exacerbé international du rossignol au plumage gris triste, mais aux trilles passionnément électriques.

Robinson, sixième earl de la lignée de Sullivan, s'arrêta au milieu du sentier. La nuit allait tomber dans vingt minutes. Le crachin s'était arrêté. Le soleil projetait très bas, depuis l'Atlantique, ses derniers feux sur le parc ancestral, sur les fleurs de rhododendron gonflées comme des sexes de femme en envie d'amour.

Il attendit que Brigitte l'ait rejoint.

Nue.

En porte-jarretelles et bas gris au-dessus de ses chaussures surélevées qui lui tordaient les chevilles à chaque pas dans le sentier.

Un écureuil jaillit d'un fourré et maintenant il les observait, gorge palpitante, à cinq mètres devant eux dans le chemin.

Robinson attrapa le poignet de Brigitte et sa main le serra.

— Je suis tellement heureux que tu aies voulu revenir, fit-il.

Elle vacillait un peu sur ses semelles surélevées.

— Je ne comprends pas, fit-elle, je n'ai jamais voulu partir...

Robinson s'arrêta et l'attira dans ses bras :

— Tu as oublié ?

Les seins nus de Brigitte se frottaient au tweed rêche de sa veste. Elle tremblait un peu : le froid de la nuit qui descendait.

— Oublié quoi ? fit-elle en se collant contre le tweed.

Les dents de Robinson Sullivan sortirent, blanches et bien rangées, entre ses lèvres souriantes :

— Mais, ta fugue !

Il l'enveloppait avec ses bras au milieu du sentier. Les fleurs de rhododendron se gonflaient à caresser leurs épaules.

— Tu as déjà oublié ? Tu es partie comme ça, subitement... Tu m'as abandonné, moi !

Il en devenait pathétique. Il traçait l'affreuse histoire d'une ingrate qui voulait plaquer l'homme généreux à qui elle devait tout.

Brigitte releva son visage vers lui. Les derniers

feux du soleil illuminaient ses yeux entre les boucles brunes.

— Punissez-moi, je vous en prie...

Tout à l'heure, à la prise du neuroleptique de dix-huit heures, Robinson Sullivan avait fait tripler le nombre de gouttes...

— Mais, je ne veux pas te punir ! protesta-t-il. Et de quoi ? Tu as voulu retrouver ta liberté. Comment te le reprocher ?

Brigitte se laissa tomber à genoux entre les rhododendrons. Ils étaient presque arrivés au bout du sentier. Là où les rossignols se déchaînaient maintenant à gorge déployée.

— J'ai fait un rêve, murmura-t-elle. Non... Un cauchemar... Je sautais d'un pont. Je voulais mourir...

Elle releva le visage vers cet homme en tweed vert si élégant, si racé. Et qui lui parlait si gentiment.

— C'était vraiment un cauchemar, reprit-elle. Vous vous rendez compte? Je dansais sur une plage ! Il pleuvait ! Il faisait très froid ! Et j'étais nue ! Vous vous rendez compte ! Est-ce qu'on danse, nue, sous la pluie ?

Robinson Sullivan lui tapota le dos de la main droite. Et les fesses de la main gauche.

— Bien sûr que non, ma chérie. Bien sûr que c'était un cauchemar.

Le ciel changeait, soudain. Le rossignol se taisait. Et voilà que la pluie anglaise recommençait à tomber.

Le crachin pénétrant.

Brigitte frissonna, les cheveux déjà collés aux tempes, tout le corps déjà luisant. Les pointes de ses seins se durcissaient.

— *Please...*, fit-elle d'une voix de gorge.

Elle s'abattit à genoux et elle se mit à déboutonner frénétiquement Robinson. Elle lui sortait le sexe. Elle le léchait à petits coups de langue. Elle le faisait saillir patiemment. Elle en faisait, à petits coups de langue humbles, une chose énorme et gonflée.

Le sixième comte Sullivan baissa la tête. Le *drizzle,* ça n'a l'air de rien, mais ça vous transforme en cinq minutes une fille nue en serpillière.

Le rossignol s'était tu. La hulotte ne passait plus. Les oiseaux, ça ne chante plus quand il pleut. Brigitte avalait, en grognant de plaisir, le sexe épais du monstre.

Elle reçut le jet brûlant et saccadé comme on reçoit un Dieu.

— Avale, ordonna Sullivan.

Elle obéit, avec des halètements de bête, avant de tomber à la renverse dans le chemin.

— Je vous aime... Je vous aime... Faites de moi ce que vous voudrez...

Il la tira par le poignet.

— Allez, on rentre.

Ça commençait à bien faire, cette bruine qui s'accélérait...

Il la poussa devant lui dans le chemin.

Et, sous les derniers feux du jour, il dévorait des yeux le sautillement alterné des fesses rondes de la petite Française devant lui.

La « suicidée » de trente mètres récupérée les doigts dans le nez.

Et redevenue souple comme un gant.

***

Eva, la Danoise, faisait le service de table. Godemiché dans les fesses, tenu en place bien serré par des chaînettes qui faisaient le tour de la taille en bout de course.

Robinson Sullivan se pencha vers Brigitte au-dessus de la nappe brodée.

Il l'avait fait se rhabiller pour le dîner. En « lady » : chemisier sage, jupe sage, escarpins sages. On aurait tellement dit un homme de quarante ans amoureux fou d'une fille de vingt ans et qui le dévore des yeux par-dessus la table !

— Je vais t'épouser, tu sais...

Elle vibra :

— Je suis indigne de vous...

Il sourit :

— Tais-toi. Je vais t'épouser.

Il soupira :

— Si tu veux bien...

Eva continuait à faire le service de table mécaniquement. Droguée à mort. Au début du dîner, Brigitte avait bu, goulûment son « orangeade ». La pluie redoublait dehors sur le parc de Moonfleet et sur la campagne autour de Bristol.

— Je suis sincère, reprit Robinson Sullivan quand je te dis que je veux t'épouser...

Brigitte sourit :

— *Don't pull my leg* (1).

On se mettait à sourire en face d'elle :

— Je ne plaisante pas...

Tout de suite après, il y eut un hurlement subit.

Eva, à quatre pattes par terre ! Et qui hurlait des obscénités dans sa langue natale ! Rendue dingue par les gouttes !

Sullivan attendit que Douglas, le gros rougeaud, ait viré l'enquiquineuse.

(1) Littéralement : ne me tirez pas la jambe. Vrai sens de l'expression : ne me racontez pas de salades...

Il se pencha au-dessus de la nappe, avec son long visage illuminé par la lumière douce venue des chandeliers.

— Brigitte Hentier, veux-tu de moi, Robinson Sullivan, sixième comte du nom, pour époux ?

Elle vibra en face de lui :

— Oui, je le veux.

Après, il se leva. Il faisait le tour de la table. Il se penchait sur elle, puis il la soulevait dans ses bras. Il la portait jusqu'à un canapé. Il la troussait. Il lui faisait l'amour dans le ventre !...

L'amour dans le ventre !

Comme quand on aime !

Brigitte, la petite Française au pair enlevée par un salaud, leva les yeux :

— Je vous aime, balbutia-t-elle.

Et comment aurait-elle pu deviner ce que cachaient les yeux d'en face pendant qu'il lui disait : *I love you ?*

Brigitte tournait autour du perchoir. Avide.

— C'est l'heure... Pourquoi vous ne voulez pas ?

Robinson Sullivan lui prit le menton.

— Viens, fit-il. Viens dormir avec moi.

CHAPITRE VIII

Deux hommes planchaient en même temps sur exactement le même raisonnement à une quinzaine de miles l'un de l'autre.

Deux hommes sensiblement de la même taille, un blond et un brun qui ne s'étaient jamais vus, et qui savaient parfaitement l'un comme l'autre qu'au bout du raisonnement, il ne pouvait y avoir que la victoire.

De l'un ou de l'autre.

Premier cas de figure : l'arrestation du blond par le brun.

Deuxième cas : le blond qui reste libre et « blanc comme neige »...

Parce que, dès qu'il avait entendu parler, via l'indic du poste de police de Bristol, de la réputation de ce flic brun venu de France, Robinson avait tout de suite compris que le vrai danger viendrait de lui.

Et pas de Jeremy Chamberlain.

Pourquoi ? Par cet instinct qu'a le gibier. Il flaire tout de suite qui est menaçant ou pas parmi les chasseurs. Qui est capable d'avoir le déclic d'intuition qu'on n'a jamais avec une enquête de routine comme celle que devait mener Chamberlain.

Boris jeta un coup d'œil rapide sur la une du

quotidien jeté en travers du lit : huit colonnes de titre sur l'assassinat du vendeur de la sex-shop de Cardiff.

— Bon, fit-il, on reprend tout à zéro. Question : qui a renseigné les assassins ? Qui leur a dit qu'on allait là-bas ? D'où vient la fuite ? Qui est la taupe ?

Aimé Brichot soupira en faisant sauter d'une chiquenaude un fil sur l'épaule de sa veste.

— On n'arrête pas d'en parler depuis hier. Il y a une taupe à la police, ici ou à Cardiff. Evident. Mais une taupe, ça ne se démasque pas comme ça... Ça peut prendre des semaines.

Boris tendit la main :

— OK, mais alors, moi, je me dis une chose. Pressés comme on l'est, il n'y a qu'un seul moyen pour démasquer la taupe. C'est de lui refiler un faux tuyau. Un truc qui lui fera commettre une erreur.

— Pas bête, reconnut Aimé. Mais qui te dit que Jeremy n'est pas déjà en train de le faire dans notre dos ?

Boris haussa les épaules :

— Peu de risques. Il n'est pas comme nous. Il a plusieurs cordes à son arc, lui. Il va les essayer les unes après les autres. Classiquement. Non, crois-moi, notre seule chance, c'est de faire de la corde raide. Pas d'autre moyen.

« On va abandonner toutes les vieilles méthodes et on va jouer au poker.

Brichot arrondit les yeux derrière ses verres de myope léger :

— Et avec qui ?

— Avec le ravisseur, évidemment.

— Mais tu ne le connais même pas !

— Justement. Et c'est pour ça qu'on va peut-être l'avoir.

Il se pencha :

— Mémé. On va lui faire une offre de jeu. S'il est joueur, il ne résistera pas.

— Tu rigoles ou quoi ? Qui te dit qu'il est joueur ?

Les yeux de Boris se durcirent :

— Mon petit doigt. Le jeu, c'est noble, tu comprends ? Et c'est un noble, même Jeremy en est sûr.

Aimé sourit en grattant sa moustache :

— Tel que je te connais, j'imagine que tu as déjà ta petite idée sur la façon de l'appâter...

Boris approuva en cherchant un cendrier.

***

A quinze miles de là, dans son bureau du château de Moonfleet aux murs couverts de livres anciens, Robinson Sullivan n'eut pas besoin de chercher un cendrier : Douglas se précipitait déjà en lui en tendant un. Le long index à l'ongle soigné de l'aristocrate tapota la cigarette et la cendre tomba :

— Tu sais ce qu'il est en train de se dire, ce *cop* (1) français aux yeux noirs qui a l'air si redoutable, si l'on en croit Thomas Mills ?

Thomas Mills, le policier de Bristol devenu son indic. Et qui lui avait même refilé les noms des deux Français...

Il attendit :

— Cherche un peu. Ça saute aux yeux.

Le gros rougeaud avait beau essayer : il ne trouvait pas. Sullivan soupira :

— Pourquoi as-tu été obligé de tuer le vendeur de la sex-shop ?

— Parce que c'est moi qui suis allé acheter cette capote précise pour le film. Et qu'il pouvait me dénoncer malgré le marché...

(1) Flic.

— Bien sûr, mais ce n'est pas ça que je veux dire. Tu as été obligé de le tuer parce que ce *cop* de Bristol qu'on tient pour cette vieille histoire de mineure qu'on lui a fourrée dans les pattes, nous a prévenus du départ des deux Français pour Cardiff. Et dans quel but ?

« Alors, puisque tu ne trouve pas tout seul, je vais te dire, moi, ce que ce...

Il agita la main :

— Corentin, n'est-ce pas ?... Bon, ce Corentin, s'il est aussi intelligent qu'il en a, paraît-il, l'air, va nous tendre un piège. Ecoute-moi bien.

Il se pencha :

— Un. Je suis sûr que c'est lui qui empêche Chamberlain de faire publier les portraits-robots. Et il a raison, à son point de vue : vos gueules dans la presse, c'est trop dangereux. Et donc, vous vous seriez planqués tous les trois.

« Du coup, plus aucune chance que quelqu'un vous reconnaisse. Vous n'êtes pas du coin. Et les touristes, qui peuvent vous avoir vus ici, non plus.

— Deux. S'ils veulent se mettre à fouiller toutes les maisons de la région ou du côté de Cardiff aussi, puisqu'après tout la Jaguar a été volée là-bas, ils en ont pour cinq ans.

Il continuait à compter sur ses doigts.

— Trois : Corentin a donc l'idée suivante, selon toute logique : refiler un faux tuyau, à l'hôtel de police. Un faux tuyau que tout le personnel puisse connaître, dont Thomas Mills, qui va aussitôt nous prévenir. Tu me suis ?

Douglas fit plusieurs fois oui de la tête :

— Quel genre de faux tuyau ?

Robinson Sullivan haussa les épaules :

— Est-ce que je sais, moi ? Mais un truc qui le mettra sur votre piste. Conclusion, il faut être sur ses gardes. Et pas seulement de ce côté-là. Finie la filière des Françaises au pair. On va se remettre à enlever des filles et voilà tout. Ensuite, plus de livraison ici aux clients. Tu iras les livrer toi-même. Et puis, plus rien au téléphone. On ne sait jamais. Les tables d'écoute, ça existe.

Il soupira :

— Je désire avoir encore un peu de temps devant moi...

Il se déplia :

— Bon, comment va Eva ?

— Mieux, elle a récupéré.

— Ouf. Des mois de boulot pour rien, j'ai horreur de ça.

Il se mit à rire :

— Et cette petite conne de Brigitte à qui j'ai fait croire que j'allais l'épouser... Elle y croit dur comme fer... En une nuit, j'ai gagné un mois de dressage. Comment je n'ai pas pensé plus tôt au truc ?...

Douglas rit grassement et puis :

— Avec elle, ce sera terminé quand, à votre avis ?

Sullivan se passa la main sous le menton.

— Bon, qu'est-ce qui reste avec elle ? réfléchit-il. Les ligotages, les postures d'offrande... Et puis, ah oui, le vocabulaire de soumission... Trois bons mois encore...

Le gros rougeaud lui retendait le cendrier :

— Vous avez déjà l'acheteur ?

Sullivan le fixa :

— Pas vraiment. Je veux viser très haut, tu comprends. Tiens, regarde la lettre, à droite sur le bureau. Un Canadien à qui j'ai fait une proposition. Il accroche. Les photos l'ont emballé. Seulement, il tique encore sur le prix.

Il poussa un soupir :

— Crétin... Riche comme un nabab et il veut un

rabais de 50000 livres (1) pour une esclave du niveau de Brigitte. J'attends une autre réponse. Un émir du Koweit. Je n'arrive jamais à me souvenir de son nom, mais tu sais, c'est le type qui a trouvé le moyen de faire mourir Margaret dans les barres de suspension quinze jours après la livraison... Crétin... Je lui avais pourtant bien dit de faire attention. C'est risqué, les barres, bon Dieu!

Il hochait la tête :

— Tu te rappelles de Margaret? La petite shampouineuse de Birmingham. Rousse. Jolie comme un cœur, souple comme un gant. Quel gâchis...

***

Dans l'appartement des filles, celui qui n'a pas de fenêtre et où il faut de la lumière électrique tout le temps, Philip transpirait.

Sur la table, devant lui, Eva. Et posé à côté d'elle, le manuel japonais de ligotage. C'est tout un art de ligoter une fille et les Japonais en sont les maîtres. Philip termina le nœud et tira sur la cordelette en observant de biais le manuel ouvert. Les photos et leurs légendes d'explication en édition anglaise étaient aussi détaillées que les indications de montage d'une voiture en kit.

Philip attrapa la cheville gauche d'Eva et tira en soufflant pour y passer le nœud coulant. Eva geignait sans discontinuer. Encore une dizaine de nœuds et ce serait terminé.

C'était le ligotage dit de la grenouille. Les bras de la fille sont retournés dans le dos et avec les poignets tirés jusqu'à la nuque, le tout ficelé comme un saucisson, très serré, mais en laissant dehors les

(1) Environ 500000 francs.

seins. La tête est rejetée en arrière par la cordelette passée en travers de la bouche comme un mors. Les jambes, elles, sont relevées en « grenouille », c'est-à-dire les jambes attachées par les jarrets aux épaules retournées. Et les chevilles attachées au commencement des cuisses.

C'est un ligotage de la catégorie de ceux dits d'offrande, par opposition à ceux dits de fermeture, où la fille est repliée sur elle-même en boule, parfaitement ronde. L'avantage des ligotages d'offrande, c'est qu'on peut triturer les seins et faire tout ce qu'on veut avec l'entrejambes.

Philip avait tant de mal avec le dernier nœud qu'il n'entendit pas la porte s'ouvrir. Il fallut que Brigitte se plante devant lui, de l'autre côté de la table, pour qu'il se rende compte de sa présence.

— Tiens, tu tombes à pic. Aide-moi. Tire bien la cheville. Voilà...

Brigitte obéit sans manifester la moindre émotion. Les geignements d'Eva étaient très assourdis par la cordelette-bâillon. Philip termina le dernier nœud et puis il retourna Eva sur la table, poitrine côté bois, sillon des fesses ouvert en grand. Puis il referma le manuel. Maintenant, Eva allait rester là trois heures durant. A partir de la première heure, on ne peut plus retenir ses cris, les murs sont capitonnés de liège à cause de ça.

Brigitte se tordit les chevilles sur ses escarpins surélevés en faisant le tour de la table :

— Vous connaissez la grande nouvelle ? fit-elle avidement.

Philip referma le placard à cordelettes en se retournant. Vraiment jolie, la Brigitte retrouvée... L'air si sage dans sa longue jupe plissée et son chemisier boutonné devant et à courtes manches bouffantes.

— Quelle grande nouvelle ?

Brigitte lui prit la main :

— Le comte veut m'épouser ! Oui, il me l'a dit ! Je vais devenir comtesse ! Vous vous rendez compte !

Elle fit deux tours sur elle-même, les yeux au ciel. Sa jupe virevoltait. Elle s'immobilisa, les yeux brillants :

— Il m'a tout expliqué. Il m'éduque pour me réserver à son usage personnel. Exclusivement...

Elle se passa la langue sur les lèvres d'un air gourmand. Sur la table, Eva respirait par saccades.

— La preuve... Regardez-moi.

Elle se pencha pour soulever le bas de sa jupe et elle souriait, radieuse, en la remontant. Plus haut que la taille, et jambes bien écartées.

La ceinture de chasteté était faite à l'ancienne. En fer forgé, très large et très épaisse. Brigitte présenta son côté pile à Philip.

— La serrure à chiffres est dans mon dos, bien sûr. Pour que je ne puisse pas trouver la combinaison. Seul le comte l'a.

Philip sourit :

— Mais tu en as de la chance...

Brigitte laissa retomber sa jupe et battit des mains :

— Je suis heureuse, heureuse !

Elle s'arrêta, l'air mystérieux :

— Je ne saurai la date de mon mariage qu'à la dernière minute. Il dit qu'il veut m'en faire la surprise.

Philip consultait le carton épinglé au mur :

— C'est l'heure de ton orangeade.

Il alla jusqu'au petit lavabo dans le coin de la pièce et ouvrit le placard à pharmacie. Brigitte le regarda compter les gouttes de « fortifiant ». Puis elle but en veillant bien à tout finir avant de reposer le verre.

— Je ne sais même pas quand on se fiance...

Elle se bloqua :

— Mais je suis folle ! Je n'ai pas encore pensé à annoncer la nouvelle à maman !

Philip lui montra la porte du fond :

— Pour l'instant, tu vas à côté.

Brigitte sursauta et elle le suivit en commençant déjà à déboutonner son corsage...

Maintenant, elle était nue avec sa ceinture de chasteté dont l'épaisseur lui écartait les fesses. A genoux sur le parquet au milieu de la pièce. Les bras maintenus en croix par une barre de force, et une autre l'obligeant à ouvrir les genoux, chevilles très loin l'une de l'autre. Devant elle, un tabouret de velours rouge avec dessus, posé verticalement, un godemiché.

Philip alla presser sous le buffet, derrière le tabouret, le bouton de mise en marche de la caméra de contrôle. Puis il monta la puissance du projecteur braqué sur Brigitte.

Celle-ci tourna avec effort la tête vers lui quand il repassa devant elle pour sortir. Elle clignait des yeux, mais elle eut un brave petit sourire de fille courageuse :

— *Please*... Allez dire au comte que je l'aime...

***

Il n'y avait pas que l'image sur l'écran-vidéo dans le bureau de Robinson Sullivan. On pouvait mettre aussi le son. Sullivan avait coupé celui de l'écran d'Eva : elle commençait déjà à gueuler.

Il sourit en voyant et en entendant la petite Française écartelée en ceinture de chasteté moyennâgeuse.

— *Fantastic...*, se murmura-t-il pour lui-même.

Il tapota le bout doré de sa cigarette sur son ongle.

— Après tout, pourquoi ne pas lui faire un simulacre de mariage ? Je me la garde pour mon usage personnel, comme elle dit. Et, le jour où j'en ai marre, je la vends.

Il alla à la fenêtre. Le soleil revenu illuminait le parc trempé. En bas, c'était l'incessant défilé des touristes. Robinson Sullivan posa son front contre la vitre :

— Qu'est-ce qu'il peut bien manigancer, le *Frenchie ?*

Et il se sentait un peu comme un de ces joueurs d'échecs qui jouent sans se voir, par messages.

Qui mettrait l'autre échec et mat, de lui et du *french cop ?*

Il soupira et revint se planter devant l'écran de contrôle en montant le son. Brigitte soupirait par saccades, la tête abandonnée en avant, cheveux dévalés sur la figure. Le seul moyen pour garder son équilibre c'était de se creuser le dos. Dans une heure les muscles de ses bras, de son dos et de ses jambes commenceraient à se tétaniser.

Alors, elle pousserait cette longue plainte de gorge incessante et rythmée qui révolutionnait toujours son bourreau.

— Ha... Ha... Ha...

Et sûr qu'il ne pourrait pas résister. Il irait là-bas, et il s'enfoncerait longuement, délicieusement, jusqu'au fond de la gorge de Brigitte, les mains plaquées derrière sa nuque.

Et il repartirait en l'abandonnant en larmes, souillée, devant le godemiché, au bout de l'appartement secret du château de Moonfleet, loin des files de touristes respectueux à qui on raconte devant les tableaux de famille, la riche et vénérable saga des Sullivan depuis Robinson premier du nom.

CHAPITRE IX

Aimé Brichot disposa fièrement son gros paquet sur le lit.

— Ça y est, fit-il. J'ai terminé mes courses.

Boris le regarda de biais.

— Quelles courses ?

Son équipier déballa sur la couverture tout le contenu du paquet. Des pulls en cachemire. Rien que des pulls. Cinq en tout, de tailles décroissantes.

— Un pour Jeannette, chantonna Aimé, un pour moi, un pour Rose, un pour Colette et un pour le petit Charles. Toute la famille en pull cachemire pour la moitié du prix de Paris, tu te rends compte ? Ah, je n'ai pas perdu mon temps pendant que tu achetais tes cigarettes !

Boris se prit la tête à deux mains :

— Et voilà... Dès que je te laisse seul dix minutes, tu fais des bêtises...

Aimé arrondit les yeux :

— Mais pas du tout ! Moitié prix, tu entends ?

Boris hocha la tête plusieurs fois : Oui, il entendait... Mais pourquoi dire vraiment à Aimé pourquoi il avait parlé de bêtise à propos de cet achat ? De tout cet argent pris sur un maigre salaire d'inspecteur principal alors qu'à la boutique *free tax* de l'aéroport de Bristol, quand ils repartiraient, c'est au tiers du prix qu'Aimé aurait pu acheter les mêmes pulls... Boris ne le savait que trop : où Ghislaine (1) lui achetait-elle ses pulls quand elle allait à Londres ?...

— Tu as eu raison, reprit-il. Je pensais à autre chose.

Il se leva :

— Bon, on file chez Jeremy. Il nous attend.

Aimé Brichot se retourna sur le seuil de la chambre. Caressant encore une fois du regard les cinq pulls alignés sur le lit.

— Une seconde, fit-il précipitamment. Je vais les enfermer à double tour dans la valise. On ne sait jamais avec le personnel, dans les hôtels.

— Même les hôtels anglais ? sourit Boris.

Aimé haussa les épaules, vexé :

— Ne me cherche pas, hein ? Sinon, tu vas me trouver.

Il se gratta la gorge, déjà désolé :

— On prend un taxi ? Il pleut...

— Le climat british..., sifflota Boris.

Naturellement, aucun taxi en bas de l'hôtel. Ils partirent à pied dans l'espoir d'en trouver un au coin de Castle Place. Rien.

Aimé Brichot s'arrêta net. Les yeux rivés à une vitrine. Derrière, plein de pulls. Il se pencha, histoire de consulter les étiquettes de cette autre boutique, sans entendre freiner dans son dos le taxi que Boris avait hélé.

— *Shit !* grogna-t-il à voix forte.

Boris dut venir lui taper sur l'épaule.

— Eh bien, dis donc ! Tu jures directement en

(1) Ghislaine Duval-Brasseur, la « régulière » de Boris.

anglais, maintenant ? Tu es sur la bonne voie pour la langue.

Aimé se dégagea, blême :

— Les mêmes pulls, à trois livres moins cher !...

Et il répéta consciencieusement son juron, comme pour s'exercer à bien prendre l'accent, avant de monter dans le taxi.

***

Jeremy glissa en vitesse son dossier à couverture verte dans un tiroir avant de crier d'entrer. Bref échange de politesses et de banalités sur cet éternel crachin de malheur et Boris entra tout de suite dans le vif du sujet.

— Ça avance, de votre côté ?

Le *sergent-detective* eut un petit sourire :

— Pas mal, oui. Pas mal du tout.

Boris ôta son blouson : le bureau était surchauffé.

— Eh bien, tant mieux, fit-il en croisant les jambes.

En face de lui, le sourire avait déjà disparu du visage rond du *sergent-detective.* Inutile d'être psychologue pour deviner que le bonhomme crânait. Et que son enquête à lui devait pédaler dans la semoule. Boris eut un rapide mouvement de tête vers Aimé :

— Mon collègue et moi-même, reprit-il, nous avons eu une idée qui pourrait peut-être vous être utile.

Il s'arrêta une seconde :

— Si vous en avez besoin, toutefois, puisqu'à vous entendre, tout baigne dans l'huile de votre côté, n'est-ce pas ?...

Chamberlain ne répondit ni oui ni non.

— Dites toujours, fit-il en essayant de continuer à

garder l'air du type qui n'a pas de soucis. Alors qu'il en avait de gros. Désespérant, le dossier à couverture verte. Non seulement ses subordonnés piétinaient, mais c'était même quasiment le retour à la case départ. Toutes leurs pistes s'écroulaient une à une. Et les trois portraits-robots paraissaient n'avoir été tirés qu'à partir de fantômes. A la limite, il se demandait si le vieux Roy Slatter ne s'était pas tout simplement payé sa tête.

Boris se pencha :

— Un aristocrate, c'est joueur de naissance, n'est-ce pas ?

Le flic anglais fronça les sourcils :

— Oui, mais où est le rapport ?

Boris sourit de toutes ses dents :

— Simple. On va jouer avec lui. Au poker.

Chamberlain s'immobilisa, ahuri. S'il n'avait pas connu Boris Corentin de réputation, c'était à se dire qu'il avait un fou assis en face de lui.

— Ça demande quelques explications, vous ne croyez pas ?

Boris approuva de la tête et il y alla de la même démonstration faite précédemment à Aimé. A la fin, Chamberlain se gratta longuement le bout du nez :

— Ça se tient. Et, évidemment, vous m'en parlez parce que vous avez besoin de moi.

Boris sifflota :

— Vous avez oublié d'être bête, Jeremy... Mais cessons de plaisanter.

Il chercha le regard de son vis-à-vis :

— Et de jouer au chat et à la souris entre nous... Jeremy, regardez-moi bien dans les yeux. On est amis. On est collègues. On a besoin l'un de l'autre. J'ai eu l'idée avec Mémé. Vous, vous avez l'infrastructure indispensable à mettre en œuvre cette idée.

Alors, qu'est-ce qui compte ? La guerre entre les flics anglais et les flics français, ou le sauvetage de Brigitte et l'arrestation de son ravisseur ?

Chamberlain continuait à le fixer sans répondre.

— Pouvez-vous me jurer sur l'honneur que vous avez réellement une piste sérieuse ? reprit Boris. Je ne vous demande pas laquelle. Je vous demande simplement de jurer.

Chamberlain se leva et Boris et Aimé n'eurent bientôt plus devant eux qu'une puissante silhouette de dos, le long de la fenêtre.

— Je suis dans la merde, Boris, finit par avouer Chamberlain sans se retourner. Voilà la vérité. Alors, OK, je vous aide.

Il leur refit face :

— Par où voulez-vous commencer ?

Boris lui sourit :

— Merci, Jeremy. Merci... On va commencer par un piège grossier. Histoire de le tester. S'il marche, c'est une cloche. Mais, au moins, on l'aura eu très vite...

« Cela dit, je n'en crois rien. Alors, on lui tendra un autre piège, puis un autre, et ainsi de suite jusqu'à l'embrouiller. Jusqu'à lui faire commettre l'erreur qui le démasquera.

Le *sergent-detective* soupira :

— Vous me dites vous-même qu'il est sûrement très fort. Ça ne marchera pas.

— Peut-être, fit Boris vivement. Mais ce n'est pas une raison pour ne pas essayer.

Il alla planter ses poings dans le bureau de Chamberlain :

— Vous savez quelle est notre seule chance ? C'est sa folie. Il faut être fou pour faire ce qu'il fait. Il y a toujours un moment où les fous dérapent. Même les plus forts.

Il martela le bureau à coups de poings :

— C'est notre seule chance, répéta-t-il. La seule...

***

Robinson Sullivan décrocha son téléphone :

— Allô, Philip ! Détache-les. Et chacune dans leur chambre.

Sur les deux écrans-vidéos, c'était l'horreur au bout de trois heures de pose. Il avait dû couper le son.

Robinson Sullivan coupa aussi l'image. Il avait trop besoin d'être tranquille pour réfléchir. Il posa ses mocassins faits sur mesure sur le cuir de son bureau et se mit à siffler. Dehors, le jour baissait. Les premiers oiseaux de nuit commençaient à chanter.

Il réfléchissait à toute vitesse. Oui, le policier français était très fort...

Message reçu. Un premier piège gros comme une maison. Donc truqué. Donc, il fallait chercher le vrai piège qui, logiquement, devait découler du premier juste mis en place comme le pion qu'on sacrifie aux échecs pour avancer son fou, ou son cheval. Ou sa tour. Ou faire croire que la pièce qu'on avancera après le sacrifice du pion est la bonne. Ou peut-être pas. Ou peut-être si...

Le téléphone avait sonné vingt minutes plus tôt dans la chambre de Douglas Homestead. Deux appels. Raccrochage. Deux appels. Raccrochage. Puis trois. Le code entre Thomas Mills et eux.

Inutile de décrocher. Ça voulait dire : dans un quart d'heure à la cabine publique, une des dernières encore à l'ancienne en Angleterre, rouge et à petites vitres croisillonnées, à côté du pub à l'enseigne du *Pink Swan* (1), à la sortie est de Dursley, à dix minutes de voiture.

Douglas avait foncé là-bas. En lunettes noires et fausse moustache, on ne savait jamais.

Retour ici un quart d'heure plus tard et au rapport.

Leur taupe avait une information : l'enquête s'orientait vers un dénommé Franck Matthew, de Bath, une petite ville à l'ouest de Bristol. Un type qui avait eu, vingt ans plus tôt, des ennuis avec des mineurs et sorti de taule depuis cinq ans.

Douglas exultait :

— J'ai l'adresse. Une maison isolée sur la route de Bradford. Il suffit d'y aller jeter une capote à tête d'oursin par-dessus la palissade et on est peinards !

Robinson Sullivan avait agité la main :

— Connard, tu veux te faire choper ? La maison est cernée...

Il avait plissé les yeux :

— On ne bouge pas. On attend le deuxième message. Le bon.

Le gros rougeaud s'était écarquillé :

— Pige pas ?...

— Mais oui. L'appel d'offre.

— L'appel d'offre ?

Et il avait fallu longtemps à Robinson Sullivan pour que son homme de main comprenne tous les tenants et aboutissants d'une partie d'échecs où il y avait en jeu une fille dressée valant au moins 200 000 livres (2) sur le marché international. Que la police voulait récupérer sans la payer. Et en attrapant du même coup le ravisseur. A savoir, lui, le comte Sullivan.

(1) Le cygne rose.
(2) Environ deux millions de francs.

Le jeu d'échecs hissé au niveau du poker géant...

***

Huit heures trente du matin, le lendemain : tous les employés de l'hôtel de police de Bristol étaient à leur place au bureau.

Et soudain, l'information qui filtre de pièce à pièce, de bureau à bureau, sur le seul sujet vraiment intéressant ici depuis l'autre jour :

Brigitte, la petite Française au pair, avait réussi à reprendre conscience entre deux administrations de drogue ! Elle avait appelé, cette nuit, le policeman de garde ! Mais elle n'avait pas eu le temps d'en dire plus. La communication avait été brutalement coupée. Son ravisseur avait dû la surprendre.

***

Deux appels. Raccrochage. Deux appels. Raccrochage. Puis trois appels...

Vingt minutes plus tard, Robinson Sullivan regarda tranquillement par la fenêtre Douglas qui faisait gicler du gravier en fonçant à mort dans l'allée. Il se frottait les yeux douloureux

Il attendit, l'air fatigué, que l'autre ait fini de s'exciter en racontant son histoire de coup de fil à la police.

— Bon, je peux te parler ? Assieds-toi.

Il se pencha :

— Tu sais où elle était, cette nuit, Brigitte ? A plat ventre au pied de mon lit. Les mains attachées dans le dos. Collier relié par la chaîne au pied du lit. Bon. Alors ? Elle a pu téléphoner, à ton avis ?

Le gros rougeaud s'effondra dans le fauteuil à fleurs devant le bureau de son boss.

— Ça veut dire quoi, tout ça ? Ça devient stressant...

Robinson Sullivan hocha longuement la tête :

— Ne t'affole pas. Ça veut dire simplement que le *french cop* me lance des signaux. Très clairs : Il ne nous a pas identifiés. Il sait qu'il n'y arrivera pas. Il me le fait savoir en me faisant transmettre par la taupe des trucs lamentables indignes de lui.

Il s'arrêta :

— Tu sais ce qu'il me dit ?

Ses yeux gris-bleus reflétaient la couleur du ciel au-dessus de la campagne. En plus brûlant. Le ciel gris-bleu par temps de pluie, c'est froid.

— Il me dit : négocions.

Douglas Homestead transpirait. Il s'essuya le front du revers de la main.

— Il va vous faire une offre de rachat de Brigitte en échange d'une promesse d'immunité ?

Il s'arrêta :

— Mais c'est dingue ! D'abord, vous parlez comme si il vous avait localisé, identifié ! S'il l'avait fait, on serait déjà cernés.

Robinson Sullivan parut sortir d'un rêve :

— Il y a des choses que tu ne comprendras jamais... Il est passé des échecs au poker avec moi. Il n'a aucune idée de qui je suis. Il ignore tout.

« Il est dans le noir total, je te le répète. Il bluffe. Il n'a rien dans son jeu. Mais il a un culot d'enfer.

Il vira vers la masse molle effondrée dans le canapé :

— Tiens, il me plaît, le *Frenchie.* Tu sais ce qu'il est en train de faire ?

Le sixième comte Sullivan se redressa :

— Corentin... C'est un nom breton. Nos ancêtres n'étaient pas du même monde mais ils ont dû se battre l'un contre l'autre. Ah... ces sacrés Bretons...

La furia bretonne... Qu'est-ce qu'ils nous en ont fait voir ! On les a eus, *all right*, mais qu'est-ce qu'ils ont été de *jolly good fellows* à Trafalgar ou à Alexandrie ! Dupetit-Thouars avec ses jambes coupées par un boulet-ramé et qui continuait de commander, assis dans un tonneau de son, par exemple...

Il vira sur ses chaussures de chasse : à l'aube, il était allé tirer quelques faisans. D'élevage, hélas...

— Tu ne connais pas la France, Douglas ! Il y a deux France. Celle des longues plaines fertiles que nous n'aurons jamais et qui dort sur sa facilité de vivre. Et puis, il y a les Français du bord de la mer. Marseille, Toulon, Bordeaux, ah ! Bordeaux... Et puis Nantes, Lorient, Brest et Cherbourg. Les Bretons surtout. Il est breton, ce Corentin...

Il se rassit :

— Tu sais, Douglas, les Bretons, ce sont des Anglais qui n'ont pas eu la chance de naître sur une île... C'est pour ça qu'on les a battus. Rien que pour ça.

Il leva les bras au ciel :

— Ah, si la Bretagne avait été une île...

Douglas Homestead toussota :

— Excusez-moi, mais vous m'avez laissé penser que Corentin était en train de vous préparer un coup en vache...

Robinson Sullivan exhiba une parfaite rangée de dents lumineuses dans son sourire :

— Exact. Et c'est pour ça qu'il m'intéresse, le Breton. Je t'ai parlé d'une offre sur Brigitte. Crois-moi, elle va arriver bientôt. Mais c'est là que sera le piège. Le vrai...

« Il est Breton, tu comprends ? Il est vicieux comme un Anglais.

Il s'arrêta, les yeux dans le vague :

— Il peut être traître comme un Anglais... Il a

peut-être un père qu'on a tué à Mers el-Kébir en juin 40...

Il alluma une nouvelle Benson-and-Hedges au liège gravé en doré à ses propres initiales : R.S.

— Tu sais qu'il m'intéresse... Vraiment...

Un étrange sentiment envahissait Douglas Homestead pendant qu'il collait son dos au dossier du fauteuil pour ne pas vaciller : et si le flic breton était encore plus fort que le boss ne pensait ?... Et s'il ne jouait uniquement que sur ça, ce que venait de dire le comte : la Bretagne qui aurait mérité d'être une île... Le respect de l'Anglais pour le Breton...

Et si c'était ça, le vrai secret du piège tendu par le policier français aux yeux noirs ?

Douglas Homestead toussota :

— Excusez-moi, boss, mais vous êtes en train de vous faire rouler dans la farine.

Le sixième comte Sullivan sursauta comme si une mygale l'avait piqué :

— Qui te dit que j'ai l'intention de me laisser blouser ? Les Bretons, on les a toujours vaincus, non ? Ce n'est pas parce qu'il y en a un qui revient à l'assaut qu'il faut partir battus d'avance...

Il se leva. Ses yeux larmoyaient. Dehors, la bruine de nouveau.

— Douglas... Ce n'est pas parce que je le respecte que je vais pas l'avoir, le Breton...

***

A Moonfleet, le système téléphonique était organisé de telle manière que lorsqu'un appel ne recevait pas de réponse, sur un poste, il se répercutait automatiquement en fin de course sur le poste du bureau du maître des lieux.

Robinson Sullivan décrocha. Il tendit le combiné à Douglas :

— C'est pour toi.

*
**

Dans son bureau de l'hôtel de police de Bristol, le *sergent-detective* Jeremy Chamberlain étudiait avec une espèce d'estime glacée ce flic français qui jouait au poker téléphonique avec il ne savait même pas qui...

Et son équipier, ce petit chauve à moustache, habillé à l'anglaise comme jamais un Anglais véritable n'oserait s'habiller...

Vraiment, les *Frenchmen* étaient des drôles de gens...

Comme si, lui, Jeremy Chamberlain, ne faisait pas son boulot de flic british avec toute son âme pour essayer de sortir cette Brigitte de la merde !

Merde, il avait vraiment des antennes, ce flic breton...

Boris revenait vers Jeremy :

— *Sorry*, vieux, je dois vous paraître un emmerdeur... Je vous demande de me laisser faire jusqu'à ce soir et puis on rentre, Aimé et moi.

Aimé Brichot, le petit chauve qui avait donné une sacrée part dans le raisonnement de Boris.

Jeremy Chamberlain les fixa tous les deux :

— Une *nice cup of tea* vous ferait plaisir ?

Boris et Aimé n'eurent pas le temps de répondre. La secrétaire Mary Rose Whitestream entrait. Avec à la main un message classé ultra-secret.

Jeremy déchira l'enveloppe et il lut rapidement, avant de relever les yeux par-dessus ses lunettes de presbyte au premier degré :

— Chapeau, fit-il. Vraiment !

Il tendit le feuillet dactylographié à Boris. Celui-ci lut et le transmit à Aimé Brichot.

C'était écrit en anglais, mais il y a des moments où on pige l'anglais même sans le lire vraiment.

Au troisième coup de fil, celui dont il était prévu qu'il succéderait au premier, la réponse avait été :

— OK. On négocie. Attendons instructions.

Aimé Brichot remit le feuillet sur le bureau du *sergent-detective.*

— Les choses sérieuses commencent, non ? fit-il en direction de Boris.

Celui-ci attrapa la photo de Brigitte sur le bureau :

— Tu l'as dit, Mémé. Les choses sérieuses commencent.

CHAPITRE X

Le vendredi, au château de Moonfleet, était jour de repos pour le personnel.

Grilles fermées. Boutique à souvenirs fermées. Snack fermé. Cordons de barrage anti-visiteurs remisés dans un coin dans chacune des pièces historiques.

Le seul jour où les filles en dressage pouvaient sortir, de jour, de l'appartement sans fenêtre.

Eva était privé de sortie, ce vendredi.

Pas pour une faute.

Par pur sadisme après une danse du ventre particulièrement réussie dans l'espoir du droit de sortie le vendredi.

Et entravée à la cave, collier croché à un anneau dans le mur.

Juste pour lui apprendre à ne pas croire aux promesses.

Il faisait beau. Les massifs de rhododendrons s'ouvraient là-bas. Brigitte sortait de son ennuyeuse leçon de grammaire anglaise sous la férule de Philip.

Elle venait de vider son verre d'orangeade et de « fortifiant » goulûment. Ça avait bon goût. C'était sucré. Hier soir, au dîner, le comte lui avait annoncé que désormais, elle ne mangerait plus que des crudités, du poisson bouilli, des pommes de terre ou du riz cuit à l'eau, des yaourts maigres et des fruits. Le tout sans plus jamais de sel, ni de sucre, ni d'assaisonnement.

Comme elle était habillée, pendant que cette salope de connasse éternellement geignante d'Eva faisait le service, elle avait le droit de regarder le comte. Et de lui poser des questions.

Il avait été très précis, à l'heure du thé :

— A poil, tu baisses les yeux et tu te tais. Habillée, tu as le droit de parler. Seulement quand tu es habillée.

D'accord, elle était nue sous sa robe. Ni soutien-gorge, ni culotte, mais ceinture de chasteté en place. Ni bas non plus. Le comte venait brusquement de le lui interdire. Mais elle était habillée, fesses nues sur sa chaise, robe soulevée avant de s'asseoir. Une vieille robe à l'anglaise, tout en dentelles, collet monté.

Et Brigitte avait frémi en la passant devant le comte. Il paraît que c'était la robe de la deuxième comtesse Sullivan...

Cette geignarde d'Eva se penchait, plateau d'argent entre les mains.

A gauche sur le plateau, une assiette creuse pleine de caviar. A droite des carottes râpées.

Brigitte avait dévoré des yeux le long et mince visage aux yeux gris-bleus de celui dont elle allait devenir l'épouse.

Avant le dîner, elle lui avait donné la lettre triomphale destinée à sa mère, à Jouy-en-Josas.

Le comte avait souri :

— La lettre partira demain matin.

Et il avait ajouté une phrase qui avait empourpré Brigitte de bonheur :

— Tu me permets de ne pas te montrer ma lettre personnelle pour lui demander ta main ? Je voudrais que ça reste un secret entre ta maman et moi...

Brigitte avait « permis », en battant des mains.

Robinson Sullivan consulta sa montre à son poignet.

Brigitte s'étonna :

— Vous attendez quelqu'un ?

Il sourit :

— Non.

Il marqua un temps d'arrêt :

— On se fiance ce soir. J'attends juste l'arrivée du gâteau. Ça ne devrait pas tarder.

***

Le gâteau était très réussi.

Un sexe d'homme en chocolat.

Parfaitement dressé au-dessus du gâteau.

Il y avait un petit nœud juste sous le gland tendu. Un petit nœud en pâte d'amande.

Et une bougie luisait, tremblotante, plantée en haut du membre en chocolat.

Brigitte se recula, bouche gonflée. Devant elle, Douglas réglait son Polaroïd. Elle s'arrêta :

— Monsieur le Comte...

Robinson Sullivan reposa son verre de Bordeaux, intrigué :

— Oui ?

— Monsieur le Comte, reprit Brigitte, qui avait vidé jusqu'à la dernière goutte, avant de passer à table, son orangeade à « fortifiant », je voudrais...

Elle n'arrivait pas à poursuivre. Elle avait Eva en face d'elle, toute nue, muselée, dans le coin de la salle à manger.

— Monsieur le Comte, fit-elle enfin, je... je ne comprends pas...

Robinson Sullivan se pencha au-dessus de son verre de Mouton Rothschild 1976. Le bout de sa cigarette au liège gravé doré à ses initiales fumaillait devant lui.

— Tu ne comprends pas quoi ?

Brigitte le fixa :

— Monsieur le Comte, souffler la bougie sur ça...

Elle désignait du doigt le membre en chocolat.

— Souffler la bougie sur ça, c'est éteindre votre désir de moi.

Elle se voûta :

— Pardon, je ne peux pas.

*
**

La salle à manger des appartements privés du sixième comte Sullivan au château de Moonfleeet, n'était pas grande. Il n'y a que sur le continent qu'on aime l'esbrouffe.

Sullivan se pencha au-dessus de la petite table autour de laquelle ils n'étaient que quatre : lui, Brigitte, Douglas et Philip. Le matin, Salomon Dayan, le cameraman de la plage de Weston, était parti livrer à Londres des vidéo-cassettes.

Eva se tenait derrière eux, pour le service.

Nue sur des boots de folle de moto.

Ce qu'elle n'était pas.

Et muselée de cuir noir.

— Merci, Brigitte, fit Sullivan.

Il lui prit la main par-dessus la table :

— Tu sais quoi ?

Elle secouait la tête, interdite. Elle était adorable dans sa robe sage haut-boutonnée. Qui aurait pu imaginer, quand elle l'avait relevée pour s'asseoir, qu'elle avait les fesses nues dessous, comme les seins nus sous le boutonnage sage du haut de la robe ?

Et la ceinture de chasteté moyenâgeuse rivée au ventre...

— Qu'est-ce que je dois savoir ? poursuivait-elle.

Il lui attrapa le menton par en dessous avec l'index :

— Brigitte... Si tu avais soufflé la bougie, je t'aurais répudiée. Tout de suite.

Elle se releva fièrement :

— Je ne l'ai pas soufflée, monsieur le Comte...

Il fit non de la tête, guettant sa phrase d'après.

Brigitte se concentra, paupières bloquées :

— Monsieur le Comte...

Il répétait doucement :

— Oui... Oui, je t'écoute.

Brigitte darda vers lui ses yeux cernés.

— Monsieur le Comte...

Robinson Sullivan jeta un bref regard en coin vers Douglas, puis vers Philip. Les bougies des flambeaux Louis XV achetés par son ancêtre à la vente des biens nationaux de la Révolution française à Versailles, illuminaient merveilleusement le visage de la petite suicidée, miraculeusement sauvée.

Et miraculeusement « récupérée ».

— Je t'écoute, fit doucement Robinson Sullivan.

Brigitte ferma les yeux. Elle se mordait les lèvres au sang ! Elle haletait !

— S'il vous plaît, Monsieur le Comte, finit-elle par dire d'une voix morte, ne m'épousez pas ! Je ne suis pas digne de devenir la sixième comtesse Sullivan !

Elle se leva brutalement.

— Un comte Sullivan n'épouse pas une esclave ! hurla-t-elle. Une esclave, c'est fait pour ramper sur le parquet ! Pas pour se promener dans les cocktails au bras du comte de Sullivan !

Elle sabra d'un revers de poignet le sexe en chocolat et la bougie alla valdinguer contre un mur.

Elle repoussa Eva à la faire tomber à la renverse puis elle arracha sa jolie robe de fiançailles.

Maintenant, elle était toute nue devant son maître. A genoux. Avec sa ceinture de chasteté.

Elle se tordit les mains :

— *Please... Please...*

Elle hoqueta :

— Je ne suis pas digne de vous épouser... Pas digne...

Elle s'affala par terre, visage sur le parquet :

— Pas digne... Pas digne...

Au-dessus d'elle, Robinson Sullivan s'était mis à sourire en direction de ses hommes de main.

L'air de leur dire :

« Je suis fort, hein ? »

⁂

Le pub appelé *Pump House,* sur le vieux port de Bristol, d'où tant de bateaux sont partis autrefois pour le commerce « triangulaire » des esclaves noirs, est toujours bourré le soir. On se presse au bar pour vider à la rasade encore une *pint* de *stout.* Les filles boivent autant que les garçons. Elles sont blondes, avec des seins lourds qui dansent, quand elles rient à pleine gorge, sous leur pull de laine écrue. Les mecs les serrent de près, au bar, la main sur leurs fesses. Et elles ne se formalisent pas ! Tout est net dans les rapports. Une fille a un cul et des seins pour faire bander le mec. Le mec boit au bar une *pint* de *stout* avec elle. Puis ils vont s'enfourner, les yeux dans les yeux, chacun son *pie* (1) bien lourd et bien épais.

Et après on sort, bras dessus bras dessous, pour aller chercher sur les quais du vieux port le meilleur endroit où la fille se fera sauter en levrette, lèvres mordues, sur une bitte d'amarrage par son grand bidigasse roux de Bristolien.

Accoudé au bar, Boris termina sa bière et, s'adressant à Jeremy Chamberlain :

— Vous devez de plus en plus me prendre pour un dingue.

Le *sergent-detective* agita les bras pour essayer de récupérer la serveuse dans la cohue générale. Ça fumait tellement partout que leurs yeux les piquaient. La serveuse venait. Très anglaise. Gorge pigeonnante sous le corsage. Sûr qu'elle portait des porte-jarretelles.

— *Three more stouts* (2), fit Jeremy.

Il tendit son briquet à Boris.

Là-bas, un type aux cheveux roux se mettait au piano. Pas pour essayer de traduire en langage piano la musique zoulou de Johnny Glegh. Pour jouer un tango vache, tout simplement.

Boris haussa son verre jusqu'à ses lèvres.

— La prochaine tournée est pour moi si le type ne fait pas appeler.

Le *sergent-detective* se pencha :

— Oubliez, Boris. Il ne se passera rien...

Boris se tourna vers la salle. Il n'y a qu'en Angleterre qu'on trouve un tel déchaînement dans un bar quand des filles se mettent à danser au son du piano.

Il se mordit les lèvres.

(1) Pâté en tarte.
(2) Remettez-nous ça.

— Il n'y a aussi qu'en Angleterre qu'on dresse des filles à l'éducation anglaise...

Il releva la tête vers Aimé Brichot :

— Mémé... regarde ces filles. Elles sont formidables.

Là-bas, les filles se déchaînaient, dansant entre elles le tango. Les types au bar vidaient systématiquement leurs chopes de bière avec des yeux lourds sur les fesses en plein tango sous les jupes en jean.

Et les filles leur jetaient des regards qui étaient des appels au viol à chaque tournoiement de hanches.

Boris alluma nerveusement une Bristol.

— Mon Dieu, les filles sont folles, murmura-t-il. Folles...

Le patron de la *Pump House* se pencha sur Jeremy Chamberlain peu avant onze heures du soir. Et à son oreille :

— On vous appelle au téléphone.

En revenant de la cabine, le *sergent-detective* se mordillait bizarrement les lèvres.

— Vous avez fait tilt ! cria-t-il pour se faire entendre dans le brouhaha.

Boris le fixa, très calme :

— Vous en êtes sûr ?

— Oui.

Il se pencha. Décidément, c'était impossible de me faire entendre ici. Ils se frayèrent tous les trois un chemin au milieu des filles déchaînées par le tango du pianiste.

Dehors, les eaux calmes du port protégé des montées et des descentes de la marée clapotaient en bas du quai.

Quelque part à gauche, une voix de fille suppliait dans le noir :

— *Please, don't fuck me, please.*

Puis juste après :

— *Ha... ha... It's good to be fucked. It's good* (1). *Ha... ha...*

On la voyait d'ici. Jeans rabattus sur les chevilles. Couchée sur une bitte d'amarrage. De l'autre côté du chenal, les vieux bureaux en brique du temps du trafic des esclaves.

Jeremy Chamberlain prit le bras de Boris Corentin.

Là-bas, la fille sodomisée sur la bitte d'amarrage hurlait à réveiller tout Bristol. Après tout, personne ne la forçait, elle...

Boris se tourna vers Jeremy Chamberlain :

— Et alors ?

Le grand flic anglais à raie très basse sur le côté gauche de la tête se mit à sourire :

— Vous avez vu tout juste, Boris.

Il se bloqua en se grattant le nez :

— En face, on vous offre un rendez-vous.

Boris avala sa salive :

— Quel genre de rendez-vous ?

— Pour discuter. On a une proposition à vous faire. A vous seul.

— Qui ?

— Ah, si on le savait...

Là-bas, la fille poussait ses derniers cris de bonheur. Boris se retourna vers Aimé Brichot :

— Qu'est-ce que tu en penses ?

Le petit flic français tellement british d'allure lissa sa moustache de l'index droit :

(1) Pour résumer : Un : La fille refuse de se faire sodomiser. Deux : elle trouve ça très agréable.

— Méfie-toi, Boris, méfie-toi.

Il recommençait à pleuvoir. Le crachin. Là-bas, le type remettait ça avec sa fille sur la bitte d'amarrage. C'était un puissant. Et la fille aimait ça. Traduisible tout ce qu'elle bramait, mais impossible à transcrire par écrit.

Boris fit quelques pas sur les pavés, puis il revint vers Jeremy Chamberlain :

— Où, le rendez-vous ?

Le flic anglais le fixa :

— Je n'en ai aucune idée.

Boris haussa les épaules :

— C'est ridicule...

Jeremy le fixa :

— Je ne vous le fais pas dire.

Il tendit le bras :

— La cabine publique, là-bas. Allez-y. Quand ça va sonner, dans cinq minutes, l'appel sera pour vous, cette fois.

*
**

Le vent d'ouest faisait clapoter les eaux grasses du port de Bristol dans la zone sous écluse, à côté de la cabine rouge. Il y avait longtemps que la grande blonde et son sodomiseur de pote s'étaient en allés, bras dessus bras dessous.

Là-bas, sous un réverbère, Aimé Brichot guettait en se grattant la moustache.

Les mouettes criaient.

Jeremy Chamberlain terminait de vider sa chope de *stout*, vacillant sur ses jambes, cinq mètres derrière Aimé, du côté de la pompe de l'écluse.

La sonnerie d'appel de la cabine rouge qui grésilla...

Boris se paya le luxe de rallumer une cigarette avant de décrocher :

— Inspecteur divisionnaire Boris Corentin ? jeta la voix dans l'écouteur sans aucun accent.

— Oui, fit Boris en aspirant une longue bouffée de sa cigarette.

Il y eut un silence et puis :

— Chapeau, comme vous dites en français. Mais vous n'avez pas encore gagné, monsieur Corentin.

— Je sais, fit Boris. Je ne suis pas idiot.

L'échange se passait en français, pas en anglais. Et le français de celui qui appelait était parfait.

— Monsieur Corentin, vous êtes breton, n'est-ce pas ?

Boris eut un sursaut :

— Oui. Pourquoi ?

Il y eut un petit rire à l'autre bout du fil :

— Nous nous sommes tellement battus, depuis des siècles, entre Anglais et Bretons...

Silence, et puis :

— Rien qu'à cause de cette rivalité de frères ennemis, je dis bien : frères, j'ai votre parole de garder le secret sur ce que je vais vous dire maintenant ?

Boris sourit pour lui-même. Toutes dents sorties.

— Je suis breton, vous l'avez dit. Je n'ai qu'une parole.

⁂

A quinze miles de là, dans un bureau du château de Moonfleet, Robinson Sullivan dévorait sa cigarette à bout doré :

— Monsieur Corentin... Jurez-moi que vous ne direz à personne l'endroit où on va se rencontrer seul à seul dans une demi-heure.

La voix jurait à l'autre bout du fil.
Sullivan insista :
— J'ai pris mes garanties, au cas où...
Voix lente du policier français à l'autre bout du fil :
— Tant mieux pour vous. Moi, je travaille sans filet. Et qui me dit que vous, vous viendrez seul ?
Robinson Sullivan ralluma une cigarette :
— La parole d'un Anglais vaut bien celle d'un Breton, non ? Vous avez la mienne.
Il marqua un temps d'arrêt :
— Vous êtes peut-être en train de faire mettre la cabine téléphonique sur écoute. Je joue gros jeu.
Là-bas, Jeremy et Aimé tendus vers lui... Boris recolla le combiné à son oreille.
— Moi aussi, je joue gros jeu. Très gros. La vie de Brigitte. Mais je peux vous le garantir : la cabine n'est pas sur écoutes.
« Et pour une raison simple : je serais idiot de l'avoir fait faire.
— Evidemment, répondait la voix de l'inconnu à l'autre bout du fil.
Silence. Et puis :
— Alors, voilà où on va se rencontrer pour négocier. Vous avez de quoi écrire ?
La voix du Français était très calme :
— Je n'ai pas besoin d'avoir de quoi écrire.
Maintenant Boris tenait bien ferme le combiné du téléphone de la cabine publique.
— *No problem,* fit-il quand l'Anglais eut terminé. Dans une demi-heure.
Il se pencha vers le combiné :
— Je vous jure, vous entendez ? Je vous jure qu'il n'y aura personne d'autre que moi.
La réponse lui parvint, d'une voix durcie :
— Vous avez intérêt à ne pas me mentir. Si, à

quatre heures du matin, je ne suis pas rentré chez moi, libre, ce sera très simple : Brigitte mourra !

Puis il y eut un bruit sec dans l'écouteur : le monstre avait raccroché.

Boris se rua hors de la cabine vers Aimé et Chamberlain :

— Ça y est ! Je vais le rencontrer !

Il résuma rapidement la communication, y compris la menace du ravisseur. A la fin, Chamberlain toussota :

— Vous ne nous avez pas dit le lieu du rendez-vous. Ce n'est pas prudent.

Boris le fixa :

— Désolé, Jeremy. Il m'a fait jurer le secret.

Ses yeux noirs s'enflammèrent :

— Comme il m'a fait jurer que vous ne me suivrez pas.

Chamberlain eut une brève inclinaison du buste, très militaire :

— Dans ce cas...

Il se fouilla et sortit de sa poche un trousseau de clés :

— Prenez ma Rover. Puis, en français, il ajouta, Bonne chance...

Aimé se précipita vers la voiture où Boris mettait déjà le contact.

— Tu es dingue ! hurla-t-il. Dingue ! C'est le type qui te piège. Tu te fais avoir ! Il va t'enlever toi aussi. Pour mieux négocier !

Boris haussa les épaules :

— Inch Allah, vieux... Il n'y a pas d'autre solution.

Aimé Brichot regarda la Rover s'enfoncer dans la nuit, le long des quais faiblement éclairés, en murmurant pour lui tout seul, la gorge nouée :

— Joue pas au con, Boris !

Une main pressa son épaule et il se retourna : Jeremy Chamberlain.

— Tout ira bien, fit le flic anglais en souriant. J'en suis sûr. Allez, suivez-moi, une dernière pinte de bière et on retourne attendre au bureau.

***

Robinson Sullivan rêva un petit moment devant sa fenêtre après avoir raccroché.

C'était drôle : il allait jouer toute sa vie d'un coup. Comme au poker...

Et il était heureux !

Heureux de prendre la route au volant d'une voiture puissante vers un rendez-vous coup de poker total.

Comme ses ancêtres quand ils avaient fondé Moonfleet !

Un poker d'enfer avec un *Frenchie* !

Un poker au dés pipés par lui.

***

En fronçant les sourcils, Philip Straight regarda le manuel de ligotage japonais qu'il avait posé, ouvert devant lui sur un grand bidon métallique.

— C'est pas comme ça qu'il faut faire, protesta-t-il. Regarde !

Les mains de Douglas Homestead étaient moites. Il s'efforçait d'exécuter son travail rapidement et à la perfection. Il était aussi pressé que Philip de quitter ce lieu maudit. Le comte devenait de plus en plus cinglé. Sa dernière « idée » ; faire sauter le château avec les filles et lui-même à l'intérieur. Ils étaient tous les deux très dévoués, mais pas au point d'accepter de mourir...

Salomon était toujours à Londres et ils avaient fixé rendez-vous avec lui pour le mettre au courant et pour trouver ensemble un nouveau « coup ».

Complètement droguée, Eva la Danoise gémissait doucement sur la caisse en bois qu'on avait poussée contre le grand bidon sans marquage. Douglas desserra un peu les liens, relâchant la tension exercée sur les épaules. Après tout, quelle importance maintenant, qu'elle soit serrée ou non ?

— Ce n'est pas comme ça, répéta Philip de mauvaise humeur.

Il trouvait vraiment que Douglas prenait son temps.

Ce dernier se redressa et essuya la sueur de son front d'un revers de la main :

— Avec le bouton de la minuterie aucun problème.

Il tourna un bouton qui ressemblait à ceux qu'on voit sur les cuisinières, complètement à droite.

— Je vais le régler pour le faire revenir au point zéro à quatre heures ce matin. Maintenant, il faut que j'essaie la manette.

Philip lui tendit une tige métallique, aplatie à un bout. Douglas enleva le bouton et introduisit la tige à sa place. Après, il vérifia que la main d'Eva pouvait saisir la tige et l'abaisser. C'est d'ailleurs pour cette raison qu'il n'avait pas pu suivre le manuel japonais à la lettre. Il fallait donner un peu de jeu à la main gauche d'Eva.

— Filons ! s'énerva Philip.

Il ne fallut qu'une minute à Douglas pour remettre la minuterie à sa place et jeter un dernier coup d'œil sur les liens.

Et c'est d'un cœur léger qu'en compagnie de Philip Straight il remonta de la cave. Leur décision était prise. Le comte était devenu complètement fou, il fallait fuir Moonfleet. Après ce dernier service rendu à leur employeur...

CHAPITRE XI

La grosse Jaguar noire de l'hôtel de police de Bristol, la voiture faite pour les poursuites, accéléra dès la sortie de la ville.

— Crétin ! beugla Jerry Tall assis à l'arrière. Tu veux qu'il nous repère dans son rétroviseur ? On ne t'a pas assez dit que c'était un malin ? Reste à un mile de lui, ça suffit bien.

— *Sorry*, fit le conducteur en levant le pied.

Derrière lui, son collègue se penchait sur le gros parallélépipède de métal suspendu à des sangles entres les dossiers avant et les sièges arrière. Au milieu de la boîte, un écran rond.

Et une petite lumière verte au centre du cadran. Puis déplacée un peu à gauche, puis vers le haut.

Le « témoin » relié par radio à l'émetteur magnétique gros comme la main, collé sous la caisse de la Rover « aimablement » prêtée à Boris par Chamberlain...

Et qui permet de filer une voiture suffisamment à distance pour que son conducteur ne se doute de rien.

Derrière la Jaguar, deux autres Rover, dont pas une place ne restait libre...

*
**

Au-dessus de Wrington, sur la route de Cheddar, la petite ville du fameux fromage anglais du même nom, il y a une colline plus haute que les autres.

Et c'est pour ça que les Romains, autrefois, l'ont choisie pour en faire un oppidum, au début de leur conquête de l'Angleterre. La vue, de là-haut, est libre à cent quatre-vingt degrés jusqu'à la mer et très profondément dans la campagne du nord au sud et de l'est à l'ouest.

Boris engagea la Rover à l'endroit indiqué, dans un chemin cahotant, au pied de la colline. Les instructions de l'inconnu avaient été parfaites sur la façon d'accéder ici.

Au bout du chemin, un cul-de-sac. C'était même annoncé aussi sur une plaque : « Voie sans issue » en anglais, ça se dit « cul-de-sac ». Sans faute d'orthographe.

Et dans le cul-de-sac, rangée sous un arbre, une Morgan décapotée vert pomme. Boris mémorisa aussitôt le numéro d'immatriculation. Sans trop y croire : une fausse plaque, c'est facile à trouver. Dans tous les pays du monde, il y a des garagistes marrons pour vous en fournir.

Là-haut, le ciel s'était enfin dégagé, les nuages brusquement balayés par le vent d'est, comme en Bretagne. Les étoiles brillaient et on voyait même la voie lactée : dans l'ouest de l'Angleterre, le ciel est très pur. La lune était à son deuxième quartier. Suffisant pour lire la petite pancarte annoncée au téléphone : « Public Lane ». Sentier public. Boris leva le nez vers la colline et commença à grimper.

Le début du sentier était raide mais après, la pente s'adoucissait. A droite et à gauche, de gros moutons à laine épaisse bêlaient dans la nuit. Boris commençait à voir au loin les lumières de Bristol. Quelques rares phares de voitures dans la vallée. Il faisait froid, l'herbe sentait la crotte de mouton. Le vent brassait doucement l'épaisse chevelure noire de Boris.

Il hésita un instant au milieu des ruines de l'enceinte de l'oppidum romain : le sentier se séparait en deux.

— Prenez à gauche ! cria d'en haut une voix en français.

Boris plissa les yeux.

A cinquante mètres au plus, une longue silhouette mince au sommet de la colline se découpait sur le ciel. On voyait même la main du type qui portait sa cigarette à la bouche.

Boris reprit sa progression.

A un moment, il s'écarta pour contourner un mouton mérinos installé en travers du sentier. Il se pencha pour le caresser au passage. Le mouton bêla. Ça bêle dans la même langue dans tous les pays du monde.

Boris s'arrêta pour contempler le paysage par-dessus son épaule.

Brigitte quelque part dans le paysage... Mais où ? Brigitte, petite chèvre de Monsieur Seguin...

Brigitte dont il se sentait en charge comme on a charge d'âme...

***

La Jaguar et ses deux voitures suiveuses étaient maintenant à un petit mile de la colline.

— Ralentis, fit Jerry Tall. Voilà, avance doucement... Avance encore...

Sous ses yeux, la tache lumineuse ne bougeait plus. A l'emplacement indiquant que la voiture filée s'était arrêtée. Et qu'elle était tout près.

— Stop!

Le flic ouvrit sa portière et jaillit sur la route. Il leva aussitôt le nez :

— Et voilà, murmura-t-il. On y est. La colline romaine. Prends le sentier là-bas.

Cinq minutes plus tard, les dix hommes au visage barbouillé du noir, le commando spécial de la base militaire voisine de Bristol convoqué de toute urgence par Chamberlain peu avant l'appel du ravisseur, s'égaillaient dans la colline.

A bord de la Jaguar, Jerry Tall devant son écran décrocha son téléphone-radio.

— On les tient. La colline de Wrington. Prévenez le boss.

⁂

Et voilà que Boris l'avait en face de lui, le monstre, sur le sommet de la colline parsemée de ruines romaines. Le monstre enfin débusqué à l'issue de la première manche d'un subtil jeu minutieusement monté par l'intermédiaire de la taupe de l'hôtel de police de Bristol...

Boris essayait de scruter les traits de cet homme dont la silhouette se détachait contre le ciel chargé de gros nuages chassés par un vent violent. Mais il ne distinguait absolument rien, comme si le visage de l'autre avait été plongé dans une nuit impénétrable. Soudain, un faible rayon de lune lui permit de voir son nez et sa bouche. Mais pas ses yeux. En s'approchant, Boris comprit pourquoi. L'homme était masqué, son regard dissimulé sous un loup noir.

La deuxième manche commençait. Boris avait gagné la première en obligeant le bourreau de Brigitte à se montrer.

Qui allait gagner la deuxième ?

Boris n'avait plus que quelques pas à faire pour arriver sur le tertre final.

Il s'arrêta.

— Voyez, j'avance démasqué, moi. Je n'ai pas peur. Regardez-moi bien !

Boris écarta les mains pour montrer qu'il n'était pas armé :

— *I am just a cop* (1).

En face de lui, on souriait :

— *Good accent... Very good...* C'est vrai, je vous regarde, j'aime bien ça !

— Bon, ça va comme ça, grogna Boris en haussant les épaules.

Le long Anglais en costume de tweed coupé chez le meilleur faiseur haussa les épaules lui aussi. C'était fou ce qu'il avait de l'allure... De la race. Des générations et des générations de croisement entre hommes et femmes de race choisie, comme chez les chevaux.

Et pour arriver à ça : une merveille d'élégance, d'allure et de charme, avec un cerveau de *crazy horse*, de cheval fou, dégénéré, sous le crâne !

Boris était presque sûr que son intuition première avait été la bonne : le ravisseur de Brigitte faisait partie de l'aristocratie.

— Vous être breton, monsieur Corentin, dit le fin de race en tirant sur sa cigarette qui rougeoyait. De quelle région ?

Boris serra les mâchoires. Evident qu'il fallait en passer par quelques petits caprices prélimi-

(1) Je suis qu'un flic.

naires avant de pouvoir aborder le vrai sujet : Brigitte.

— Audierne, fit-il.

Sous la lune, la longue main élégante se souleva, cigarette entre index et médius.

— Mais je connais ! On dirait la Cornouaille, avec au bout la pointe du Raz, comme Lands End chez nous... C'est si beau...

Dans un bistrot du XIIIe à Paris, ce type aurait eu l'air d'un extra-terrestre. Mais tous les clients du bistrot seraient tombés sur le cul dès qu'il aurait ouvert la bouche : il parlait français absolument sans le moindre accent. Absolument.

Une hulotte passait en poussant sa longue plainte. Les phares des voitures, dans la plaine, se faisaient rare. Bristol, au loin, s'éteignait peu à peu. On ne voyait pas les lumières de Weston-super-Mare. La cité balnéaire dont le nom avait fait sourire Aimé Brichot, Weston, comme les chaussures du même nom à la mode en France. Et dont le nom n'a été choisi que pour faire british et donc mieux vendre, par des commerçants en cuir, Auvergnats malins comme des singes...

— Vous avez des ancêtres qui se sont battus contre nous ? reprit l'Anglais de sa voix légère et cultivée.

Boris marqua un temps d'arrêt :

— Oui.

Il marqua encore un temps d'arrêt :

— Le frère aîné de mon père, par exemple. Les canons du *Hood* l'ont haché en mille morceaux sur le pont du *Commandant Teste,* à Mers el-Kébir, en juin 40. Il faisait partie de l'équipe qui essayait de réarmer les tourelles avant le délai de l'ultimatum de votre amiral.

Le vent fraîchissait. Soulevant les longues mèches blondes du monstre masqué devant Boris.

— Ce fut une rude histoire. C'était la guerre.

Boris fit un pas en avant.

— Je ne suis pas venu pour remuer le passé. Vous m'avez parlé d'un marché. Alors ?

En face de lui, il y eut un recul de nuque :

— Je vous en prie, monsieur Corentin... Ne pourrions-nous pas nous parler comme deux *gentlemen* ?

Boris était maintenant tout près de lui :

— Vous parlez parfaitement le français. Alors, je vais vous dire une bonne chose : je vous parle comme il me convient de vous parler. Et si ça ne vous plaît pas, c'est le poing dans la gueule, et votre joli petit masque de bals de pédé en sera tout sali, compris ?

Cinq mètres plus bas, une grosse masse de laine se détacha du troupeau de mérinos endormis sous la lune et s'approcha d'eux. On aurait dit une grand-mère d'un dessin de Faizant qui crapahuterait lourdement sur ses quatre pattes frêles. Le mouton vint se placer entre les deux hommes et retomba en boule en bêlant.

La longue main à chevalière armoriée se tendit en tremblant vers le mouton, cigarette toujours entre index et médius. L'index gratta le sommet du crâne de cet être vivant qui n'apprendrait jamais à lire, ni à jouer aux échecs, ni au poker.

— Vous savez que vous me plaisez de plus en plus, monsieur Corentin ? Les signes d'appel... La façon de m'amener ici... Votre fierté...

Il tenta de se dominer.

— Vous me prenez pour un con ?

Les jointures de la main gauche de ce gaucher non contrarié d'inspecteur divisionnaire Boris Borentin, des Affaires Recommandées de la Brigade Mondaine, 36 quai des Orfèvres, à Paris, France, lui atterrirent sous le menton à l'endroit exact où ça fait automatiquement tomber un homme.

Maintenant, il y avait une grande gigasse assise les fesses dans la crotte de mouton au sommet du tertre de la colline historique de Wrington. Et qui secouait la tête.

En rigolant hystériquement, un peu de bave coulant de la commissure des lèvres.

— *Shit*, quelle détente ! On sait boxer aussi en France ?

Boris lui tendit la main pour l'aider à se relever. La main du bourreau de Brigitte, la petite Française au pair, qui s'était jetée à cause de lui dans le vide depuis le pont de Brunel...

Il lui suffisait d'écraser la main et de tirer, pour assommer en même temps le monstre du tranchant de l'autre main sur la nuque.

Mais il se méfiait. Un homme aux abois est déjà très dangereux. Et quand cet homme a, en plus, l'esprit dérangé, cela devient de la dynamite. Boris n'avait pas peur pour lui-même, il en avait vu bien d'autres. Il avait peur qu'une réaction violente et inattendue de la part de l'inconnu masqué mette la vie de Brigitte en danger, ou même qu'il se détruise lui-même dans un geste de défi dérisoire avant d'avoir parlé. Il décida d'agir aussi calmement et posément que possible. Son but était d'obtenir d'abord que l'homme lui dise son nom et ensuite qu'il libère vite et de son plein gré la Française. Un frisson parcourut son dos quand il observa le monstre masqué : quels supplices son cerveau malade n'avait-il pas inventé pour tourmenter Brigitte ?

Ils étaient de nouveau face à face. L'Anglais se massait le menton...

Tout à coup, il lança sa main en avant, poing fermé !

Boris arrêta le poing comme un joueur de pelote basque réceptionnant la balle.

— Voyons, sourit-il, entre *gentlemen*...

Le grand élégant haletait un peu :

— Je vois... Vous êtes vraiment sportif. Très sportif.

Boris s'assit lentement sur une pierre de cinquante centimètres de long sur trente de large taillée deux mille ans auparavant ou presque par les tailleurs de pierres venus à pied jusqu'ici depuis Rome.

— *Please,* bavardons un peu.

La grande gigasse en tweed vert s'accroupit en face de lui sur une pierre taillée semblable à celle de Boris :

— *All right,* fit-il.

Et en même temps, les yeux rouges, mal dissimulés par le masque, dévoraient le drôle d'athlète brun français assis en face de lui sur son caillou historique. Qu'est-ce qui se passait ? Brigitte, petite Française arrivée ici. Merveilleuse. Sa première prise vraiment splendide...

Et puis ce flic... Il paraît que les Français sont petits, gros, avec un béret sur la tête, une baguette de pain à la main.

Et châtrés dans l'âme.

Pourris par leur chance de vivre dans un pays où le blé pousse tout seul, où la vigne mûrit toute seule, où la vie est facile.

Et voilà que lui tombait sur le poil un *Frenchie* tout en muscles ! Maigre et musclé comme un loup qui a faim !

Robinson Sullivan arrêta de se masser la mâchoire. Boris Corentin ne lui avait balancé qu'un coup de poing d'avertissement. Retenu.

— *Well,* fit-il. Parlons affaires.

Il se tourna vers Boris, paquet de Benson-and-Hedges tendu à bout de doigts.

— Je sais, vous me haïssez. Mais une cigarette, c'est juste un petit tube de papier, avec du tabac dedans.

Boris sortit la cigarette présentée hors du paquet. Claquement de briquet. Et flamme rapide. La classe, vraiment, la gueule de salaud, pas seulement le déséquilibre mental.

Robinson Sullivan se redressa :

— Voici votre choix. Un. La Brigade Mondaine française me rachète Brigitte. Petit jeu d'écriture informatique sur un compte numéroté en Suisse. Il suffit de taper un code.

Il sourit :

— Qui sera détruit aussitôt après... Deux. Vous refusez. Et Brigitte disparaît.

Sa main droite effectua un tour circulaire. Le bout de sa cigarette jetait des minuscules brandons dans la nuit.

— Enterrée quelque part là-bas dans le paysage.

Il rit :

— Ou jetée en mer.

Boris s'était promis de rester calme.

Mais il avait envie de sauter sur le monstre en face de lui, lui arracher le masque et écraser son visage, le réduire en bouillie.

Il se pencha :

— Si vous ne revenez pas chez vous tout à l'heure, je suppose que...

En face de lui, on souriait sous la lune :

— Brigitte ne verra pas se lever le jour...

Boris en avait mal à force de serrer les poings :

— Combien ?

La réponse jaillit, sans la moindre hésitation :

— Un émir du Koweit m'en offre deux cent cinquante mille livres. Pour vous je descends à deux cent.

Sourire :

— A titre de fraternité entre Bretons et Anglais.

Deux cent mille livres... Environ deux millions de francs...

Voix paisible de l'Anglais :

— Vous avez bien des fonds secrets, n'est-ce pas ?

Oui, mon salaud ! Les fonds secrets de la Brigade Mondaine... les fameux « bons roses » ! Le ravisseur se faisait des illusions, Boris le savait : le plafond s'élevait à l'heure actuelle à quatre-vingt mille francs... Il en avait mal aux mâchoires à force de les serrer :

— Et si je trouve l'argent ?

Sous la lune l'autre se cabra et fit un geste ample des deux bras :

— Je n'ai qu'une parole. Je libère Brigitte !

Comme Boris fermait les yeux sans répondre, l'homme masqué poursuivit avec une voix sur le point de se briser :

— Je vous le jure, j'en ai marre. J'arrête !

Boris en était arrivé au bout de la cigarette offerte par le monstre. Il l'écrasa lentement sous son talon :

— Je ne pourrai jamais réunir vos deux cent mille livres, alors je vous fais une offre que vous ne pouvez pas refuser.

— Et pourquoi ? sourit le grand blond juché au sommet des ruines de l'oppidum romain.

— Parce que vous êtes anglais et donc joueur. Et que la partie de poker est maintenant engagée entre nous.

« Première manche : j'ai gagné, puisque j'ai réussi à vous débusquer.

— Exact, fit l'Anglais, attentif, avec la partie inférieure de son visage qui rougeoyait dans le feu de braise de sa cigarette. Mais j'ai remporté la deuxième manche.

Il ne voyait pas les yeux de Boris. Des yeux noirs incendiés par la rage.

— Bon, fit Boris. Maintenant, c'est la troisième manche. Ce qu'on appelle la belle dans mon pays.

Il ajouta plus doucement :

— On la joue comment, la belle ?...

Le mouton qui les séparait comme un dernier signe d'amour et de paix entre humains se leva sur ses pattes frêles et s'en alla. Il faisait presque froid dans la nuit d'avril sous les étoiles au sommet de cette colline antique dominant la campagne autour de Bristol.

Robinson Sullivan observa longuement l'athlète aux yeux et aux cheveux noirs, venu du continent pour lui casser tous ses plans.

— On la joue jusqu'à ce que mort s'ensuive, fit-il, raide.

« Si je gagne, je garde la fille.

« Si vous gagnez, elle est à vous.

Boris s'immobilisa :

— Il y a un truc qui ne colle pas. Vous savez qui je suis, je ne sais pas qui vous êtes. Ce n'est pas *fair play*.

La haute silhouette en tweed vert en face de lui se redressa de toute sa taille :

— Qui je suis ? Personne ne le sait. Même pas ma femme. Dans notre lignée il y a toujours eu un problème d'épouse. Figurez que mon nom, je suis le sixième à le porter. Comme s'il pouvait y en avoir un septième ! Mais c'est une erreur. Avec moi, c'est fini. Tout est une erreur. Surtout la vie : une erreur énorme !

Pendant qu'il parlait, son corps fut parcouru de secousses brèves et violentes. Il ajusta nerveusement son masque et se tut.

« Il est fou, pensa Boris. Il fait certainement partie d'une des grandes familles de la région. Le dernier de sa lignée. Chamberlain saura trouver son nom. »

— D'accord, pour le nom. Jouons, puisque vous le voulez ! Allons jouer chez vous maintenant.

— Vous me prenez pour qui ? Pour un fou ? Vous croyez que je vais vous conduire directement chez Brigitte ? Je ne suis pas fou, je vous l'ai dit ! Je l'ai caché là où personne ne la trouvera jamais. Et si je ne viens pas la délivrer, tout va sauter, tout !

Stoïque, Boris laissa passer l'orage. Il avait eu affaire à des déséquilibrés mentaux dans le passé, mais cet Anglais battait les records. Il y avait chez lui une violence et une frustration incroyables qui faisait presque peur à Boris, parce qu'elles le rendaient imprévisible.

— Le jeu, reprit-il d'une voix aussi apaisante que possible. Le jeu, comment voulez-vous qu'on le joue ?

L'Anglais enlevait lentement sa veste, la jeta au loin, puis retroussa ses manches.

C'était donc ça, le jeu !

— Mais non, plaida-t-il. Pas entre nous, pas entre *gentlemen* !

L'autre sourit sous la lune.

— Vous avez peur de moi ?

Boris hésitait. Il ne voyait pas les yeux de son adversaire. Qu'avait-il vraiment dans sa tête de dégénéré ?

Sautillant sur place, maintenant, les poings serrés, protégeant le visage, l'Anglais se préparait au combat. Sa voix se féla, glissa dans les aigus :

— *Victory is mine! Brigitte is mine* (1)*!*

Ahuri, Boris voulut faire une nouvelle tentative de négociation, mais il n'eut pas le temps. L'autre se rua sur lui avec une telle soudaineté qu'il perdit l'équilibre et s'étala, les quatre fers en l'air, dans l'herbe, parmi les moutons qui dormaient, indifférents aux affaires des hommes.

⁂

Au château de Moonfleet, vingt miles au nord-ouest de Wrington, c'était l'heure où on couche les filles.

Brigitte se laissa attacher les mains dans le dos par Philip, à plat ventre au pied du lit du comte. Philip fit claquer la serrure de la chaîne réunissant le collier au pied du lit.

— Le comte est parti, je le sais, je l'ai deviné, fit Brigitte.

Philip se pencha pour vérifier le collier.

— Tais-toi. Il sait ce qu'il fait. Ça ne te regarde pas!

Il la plaça bien à plat ventre sur le carrelage. Puis il remonta les poignets dans le dos. Très haut. Jusqu'à les crocher au collier sur la nuque. Brigitte l'aidait dans la manœuvre. Bravement.

Le mécanisme des menottes claqua sec. Maintenant, elle ne pourrait plus se libérer les poignets avant l'aube. Elle gigota un peu, pour prendre la seule position supportable pour la nuit, épaules relevées, de manière à soulager la tension des bras retournés en arrière. Le carrelage, sous son ventre, ses cuisses et sa poitrine, était glacé. Elle mettrait très longtemps à le réchauffer.

(1) J'ai gagné! Brigitte m'appartient!

Elle geignit quand Philip fit claquer, tour à tour, les mécanismes des bracelets des chevilles au bout de la barre de force qui lui écartelait les jambes.

Mais elle avala goulûment le godemiché que Philip lui introduisait maintenant, accroupi sur elle, dans la gorge. Il poussa sur l'objet en plastique noir, jusqu'à ce que l'imitation des testicules arrive jusqu'aux lèvres.

Puis il tourna la clé plantée entre les deux « testicules ». Brigitte geignit : le milieu du leurre venait de s'élargir, bloquant l'écartement de ses mâchoires. Elle ne pourrait plus recracher le godemiché.

Philip enfonçait maintenant un autre godemiché dans le chemin de ses reins. Et quand il tourna la clé, Brigitte se cabra : le mécanisme intérieur déclenché par la clé avait fait saillir en elle deux ailettes semblables de celles qui lui bloquaient les mâchoires grandes ouvertes : le deuxième gode ne pouvait plus glisser hors du chemin de ses reins.

Philip vérifia tout avant de se relever. Et il s'en alla. Cette fois, il ne reviendrait pas.

Maintenant, Brigitte restait seule. Crucifiée, forcée par terre, gorge et reins. Heureuse, son dernier verre d'orangeade à « fortifiant » de la journée dans l'estomac.

Elle gigota dans l'obscurité revenue après le départ de Philip. Ha... est-ce que Monsieur le Comte la ferait dormir toutes les nuits comme ça après leur mariage ?... La douleur des bras retournés dans le dos n'était rien. Ni celle des jambes écartelées. Il fallait dormir malgré la douleur de l'écartèlement du chemin des reins et celle des mâchoires distendues. Il le fallait...

Elle en était à quarante gouttes de neuroleptique pour « agités » désormais.

Elle tomba dans le sommeil.

Sagement.

Avec une dernière pensée de bonheur avant de s'endormir : Ha... pourvu que le comte l'autorise à dormir comme ça toutes les nuits...

⁂

Boris avait les lèvres tuméfiées et saignantes, comme les arcades sourcilières, d'abominables douleurs au creux du ventre.

Mais en face, sur le tumulus aux ruines romaines, son adversaire ne valait pas mieux que lui.

Haletant lui aussi, assis dans l'herbe au milieu des moutons qui remontaient en groupe, sous la lune qui éclairait la scène.

Boris s'essuya le coude du revers de la main :

— Vous savez bien, maintenant, que pour vous c'est fini. Vous avez perdu. Allons chercher Brigitte.

Le vent jouait dans les boucles blondes de l'homme masqué. Une rigole de sang se frayait un chemin de son nez sur ses lèvres, sur le menton, tombant en gouttes sur sa chemise. Il haletait :

— Oh non, je n'ai pas perdu. Au contraire !

Il se remit sur ses pattes. La luminosité de la lune au-dessus de la planète Terre où deux hommes, un brun et un blond, se battaient pour une fille sur une colline désertée depuis des siècles par les bâtisseurs romains, faisait briller les yeux ronds et idiots des moutons réunis en cercle autour d'eux, comme des spectateurs muets d'un combat de boxe.

Boris se releva à son tour. Et maintenant, ils étaient de nouveau face à face, soufflant comme des phoques, cherchant l'un et l'autre le premier coup à donner.

— *Son of a bitch* (1), siffla le masqué.

La gifle l'envoya valdinguer à deux mètres. Boris le regarda se relever :

— Indigne d'un noble, fit-il. Vous perdez les pédales...

Robinson Sullivan se rua sur lui, très bas, mains en avant vers les organes masculins.

Le problème, avec lui, c'était qu'il n'avait jamais reçu un entraînement de commando. Seulement les leçons de boxe à son collège...

Les deux tranchants des mains de Boris se croisèrent à toute vitesse sur la nuque et les mains de l'inconnu abandonnèrent, flappies, l'entrejambes de ce « rat de Breton ».

Il s'effondra aux pieds de Boris.

KO...

Boris tendit la main vers l'homme qui se relevait, encore à moitié groggy :

— Vous voyez bien, j'ai gagné...

L'homme releva sa tête vers Boris. En dessous du masque les commissures des lèvres se relevèrent pour former un sourire :

— *Yes,* vous avez gagné... J'abandonne.

Il attrapa la main tendue et se remit debout. *Fair-play.* En gentleman. Puis il se fouilla à la recherche de ses cigarettes. Il extirpa le paquet.

— *Sorry,* fit-il, elles ne sont guère présentables.

Le paquet était cassé en deux, chiffonné par le combat.

Ils fumèrent côte à côte dans le vent qui forciçait. Les moutons s'étaient éloignés d'eux en bêlant : le spectacle était fini.

(1) Fils de pute.

— Je ne savais pas, rêva l'inconnu, qu'un Français puisse se battre aussi bien. Ça a été ma seule faute.

Il se tourna vers Boris en s'essuyant encore la bouche du revers de la main. Et partit d'un rire aigu :

— C'est Trafalgar à l'envers, *no* ?

Boris happa une longue bouffée de sa Benson-and-Hedges :

— Vous avez d'autres filles que Brigitte ?

La réponse tarda un peu :

— Oui, une.

— Elle aussi, fit Boris, nous allons la libérer.

Sullivan s'inclina :

— *All right...*

Boris insistait :

— Puis il y a aussi les autres... celles avant Brigitte...

Le masqué écarta les mains en signe d'impuissance :

— Trop tard. Elles sont toutes vendues !

Il contempla le bout de sa chaussure où le sang tombait de son nez avec des petits « floc-floc » réguliers :

— Mes clients sont des hommes très importants, très influents, très riches. Jamais je ne donnerai leurs noms, c'est une question d'honneur.

— Vous n'avez pas fait tout ça seul, n'est-ce pas ? Vous avez eu des collaborateurs ? insista Boris.

— Pourquoi ? Je n'ai besoin de personne. Seulement des hommes de main et ça ne compte pas.

Il fit quelques pas dans l'herbe, s'essuyant la bouche pleine de sang :

— J'ai dressé des filles pour les vendre. C'est tout ce que je sais faire, maintenant je suis ruiné.

Il s'arrêta et tourna la tête vers la lune :

— *Good Lord!* Tout est fini!

— Allons chercher Brigitte! fit Boris impatient.

— Brigitte? Ah oui, vous la trouverez demain matin, à marée basse, sur le front de mer de Weston, à la hauteur du *fun pier* (1).

Boris avait l'impression que l'homme en face de lui, qui paraissait au bord des larmes, jouait pourtant la comédie. Il est vrai que tout monstre doit dissimuler sa véritable nature pour pouvoir se livrer, longtemps et impunément, à sa passion coupable.

Le dresseur de filles au pair ramassa sa veste et l'enfila en grimaçant.

— Vous aimeriez bien que j'enlève mon masque, hein? Pas d'impatience! Avant de mourir vous allez pouvoir me regarder les yeux dans les yeux...

(1) Jetée sur pilotis qui supporte un dancing, une salle de jeux et un bar. Fun veut dire : jeu.

CHAPITRE XII

Pour la première fois de sa vie, Aimé Brichot eut envie de desserrer son nœud de cravate et de déboutonner son col. Tant pis pour l'élégance : il n'en pouvait plus de transpirer d'angoisse dans cet hôtel de police où il errait sans cesse dans les couloirs, le cœur battant.

Une heure déjà que Boris était absent. Et toujours rien, pas de nouvelle... En même temps, il s'insultait : il n'aurait jamais dû le laisser partir seul. L'atroce impression de l'avoir abandonné face au danger. Et le sentiment intolérable de l'impuissance absolue...

Une nouvelle fois, ses pas le conduisirent jusqu'au fond du couloir, là où il y avait une paroi vitrée et, derrière, tous les appareils et les écrans du service radio et informatique semblables à ceux de la Brigade Mondaine, quai des Orfèvres.

Il s'arrêta, le nez contre la vitre, essayant de chasser ses idées noires quand il s'immobilisa : là-bas à gauche, Jeremy.

Rouge, les yeux hors de la tête et beuglant dans son téléphone tellement fort qu'Aimé pouvait tout entendre.

En attrapant un mot ou une bribe de phrase par-ci par-là. L'éternel *shit* d'abord, comme à répétition. Puis l'adjectif *false,* associé au mot *number.* Plusieurs fois : *False number.* Sur le ton de la rage...

Et soudain, cette exclamation, qui donna à Aimé l'impression que son sang fuyait de ses veines.

— *Crazy frogs ! Damned crazy frogs !*

Aimé se rua dans la pièce :

— Jeremy, fit-il d'une voix blanche, qu'est-ce que vous êtes en train de faire comme connerie ?

Le *sergent-detective* regarda s'avancer lentement vers lui le petit chauve au col ouvert, yeux exorbités, poings serrés.

— Du calme, fit-il les mains en avant.

Il avala sa salive :

— Je vais tout vous expliquer.

Aimé était tout près de lui, maintenant.

— Pourquoi parlez-vous d'une fausse immatriculation ? Pourquoi traiter Boris et moi de grenouilles dingues ? Hein ? Pourquoi ?

Il avait attrapé Chamberlain à deux mains par le revers et il le secouait sans que l'énorme masse de l'Anglais bouge d'un pouce.

— Vous l'avez fait suivre, hein ?

— Oui, avoua Chamberlain. J'en ai reçu l'ordre. Asseyez-vous. Je vous en prie.

Aimé s'affala sur la première chaise à sa portée. Et c'est comme dans un cauchemar que les explications se bousculaient à ses oreilles. L'émetteur radio-magnétique... La Jaguar spécialement équipée... Le commando spécial... La Morgan du ravisseur dont les chiffres de plaque d'immatriculation n'existaient pas dans les listes informatiques...

Et l'ordre, venu de Scotland Yard, de neutraliser le ravisseur pendant son rendez-vous avec Boris.

Au mépris de la parole donnée !

Aimé Brichot releva la tête vers Chamberlain :

— Dans moins de quarante-cinq minutes, il sera deux heures... Vous savez ce que ça signifiera pour Brigitte ?

— On arrivera à temps, répliqua Chamberlain sur un ton volontairement rassurant, presque paternel.

Aimé Brichot le fixa :

— Jeremy, s'il lui arrive malheur, s'il arrive malheur à Boris, je vous retrouverai. Je vous en fais le serment.

*
**

Boris fixa attentivement l'homme au masque qui n'arrêtait pas d'osciller de gauche à droite, à la recherche d'un équilibre qui se dérobait sans cesse.

— Pourquoi me menacez-vous ? J'ai tenu parole, je suis venu seul.

— Je ne vous menace pas, je vous informe, simplement. Ce n'est pas la même chose. Vous voulez trop chercher Brigitte vous-même. Vous n'avez pas confiance en moi. A la bonne heure ! Non, non, laissez-moi parler jusqu'au bout !

Boris, qui avait tendu le bras pour le stabiliser, y renonça et recula d'un pas. L'autre reprit, de plus en plus fébrile :

— Tout près de Brigitte, j'ai installé ma bombe chérie. Elle est vraiment très spéciale. Toutes les huit heures il faut remettre la minuterie à zéro. Sinon, au bout d'une heure, elle saute. Vingt kilos de napalm, ça vous dit quelque chose ?

Cela disait même beaucoup à Boris. Son ami Renaud « Bombinard » Alançon, grand artificier devant Dieu, lui avait un jour expliqué par le menu tous les dégâts que pouvait causer le napalm en bien moindre quantité. Mais il n'est pas facile de s'en procurer et Boris restait un peu sceptique.

Le fou vint s'appuyer contre lui, approchant son visage tuméfié tout près du sien.

— Vous ne me croyez pas ! hurla-t-il.

— Si, si ! Je vous crois ! se hâta Boris.

— Alors, une dernière fois, monsieur Corentin, voici mes conditions. Je m'en vais d'ici seul, sans être suivi par qui que ce soit et je vous promets que vous trouverez les deux filles indemnes ce matin à marée basse sur le front de mer de Weston. En revanche, si jamais vous essayez de me suivre, je ferai en sorte qu'au moment même où vous mettez le pied sur *mon* territoire, le mécanisme de mise à feu s'enclenche. Et nous mourrons tous dans une belle déflagration.

Il se tut et regarda sa montre, puis leva sa tête vers Boris :

— Une demi-heure sépare Brigitte de la mort. Il est trois heures et demie, à quatre heures il faut absolument que je remette la minuterie à zéro.

Autour des deux hommes, les moutons commencèrent à montrer de l'inquiétude. Etonné, Boris se demanda pourquoi, mais il comprit vite. Prenant l'homme par le bras il chuchota :

— Vite, vite, où se trouve votre minuterie ?

L'autre se dégagea brutalement en sifflant entre les dents :

— Jamais, je ne le dirai jamais à qui que ce soit !

Boris entendit les hommes s'approcher. C'était sûrement la police. L'homme les avait aussi entendu. Il s'agitait, sautant d'un pied sur l'autre, et finit par s'arracher le masque.

— C'est trop tard, monsieur Corentin, ça va sauter ! Vous m'avez trompé.

Boris se rua sur lui, criant :

— Faut pas rester là !

L'homme hésitait, ses yeux rouges, que Boris pouvait à peine distinguer, jouant une sarabande folle dans leur orbite.

— Venez, partons d'ici tout de suite ! insista Boris.

— D'accord, partons, répondit-il enfin. Mais pour la bombe, c'est trop tard.

Tenant fermement son homme par l'avant-bras, Boris l'obligeait à courir en direction d'un bosquet qui cachait un lacet de la route, un peu plus loin en contrebas.

Ils entendaient maintenant les policiers de Jeremy Chamberlain s'approcher de l'endroit où ils avaient été quelques instants plus tôt.

Bondissant, glissant, trébuchant sur le sol humide et inégal, ils finirent par atteindre, d'abord le petit groupe d'arbres et, peu après, la route. Le kidnappeur semblait épuisé et tremblait de tous ses membres.

Boris jeta un coup d'œil à sa montre : 3 h 40. Il leur restait vingt minutes pour sauver Brigitte. Mais où dans cette verte campagne anglaise pouvait-elle bien être cachée ?

A ce moment l'autre fit signe à Boris d'écouter.

— Vous entendez ce bruit là-bas ? chuchota-t-il en désignant du bras la direction sud-est. Je crois bien que c'est Dany Teabolt dans sa vieille Morris. Il est le vétérinaire de la région.

En effet, au loin un bruit se fit entendre. Plus il s'approchait, plus le bruit devenait infernal. Bientôt apparut les deux faisceaux de phares blancs qui tremblotaient dans la nuit. L'Anglais retira son masque, avança au milieu de la route et se mit à gesticuler. La Morris noire aux formes vieillottes s'arrêta dans une longue et douloureuse plainte de ses freins. Dany Teabolt baissa la vitre à force de tours de manivelle :

— Monsieur le Comte, que faites-vous dehors à cette heure ? Je vous ramène à Moonfleet ?

Boris sauta sur l'occasion et poussa l'autre sans beaucoup de ménagements à l'arrière de la voiture.

Le vétérinaire, un homme très musclé, il aurait pu être ceinture noire, songea Boris plus tard, redémarra la Morris avec une telle force que la vieille mécanique semblait entrer en vibration.

— Le jeune couple de Logde House m'a appelé pour leur jument qui devait mettre bas. Mais quand je suis arrivé, le travail n'avait même pas commencé. Ah, ces jeunes qui s'affolent pour rien, soupira le vétérinaire.

Le kidnappeur se tassa dans son coin, agacé par le bavardage de Teabolt. Celui-ci l'examina un moment dans le rétroviseur :

— Votre visage est bien tuméfié, comte Sullivan. Est-ce que vous n'avez pas besoin d'un médecin ?

Sans répondre, le comte se tassa davantage dans le coin sombre de la Morris et Boris regarda sa montre. Encore quinze minutes avant la mise à feu du napalm. Pourvu qu'ils arrivent à temps pour remettre la minuterie à zéro ! Le fait que Boris possédait maintenant deux éléments primordiaux, à savoir le nom et l'adresse du tortionnaire de Brigitte, passait au second plan. D'abord et avant tout, il fallait sauver Brigitte.

⁂

— Vous désirez votre scotch avec un peu d'eau de source ou simplement nature ?

La voix de Sullivan parvint dans un épais brouillard aux oreilles de Boris. Et devant ses yeux flottait le même brouillard. Il fit un grand effort de concentration pour le chasser. La première chose qui prit forme, fut le canon noir d'un riot-gun Winchester dirigé contre sa poitrine. La deuxième chose fut la tête blonde de Robinson Sullivan avec le masque noir qui, de nouveau, ne laissait apparaître de son visage qu'une paire d' ses yeux rouges et boursouflés.

Puis, une vague de migraine envahit Boris comme un raz de marée, anéantissant pour un bout de temps ses tentatives de recouvrer ses facultés.

N'obtenant pas de réponse, le comte se leva, alla chercher son boîtier de télécommande et alluma la vidéo. Brigitte rampant dans le sable, la bouche obstruée par la monstrueuse capote anglaise, apparut sur l'écran.

Sullivan eut un sourire de triomphe, saisit de la main gauche la bouteille de whisky dont l'étiquette portait son nom et ses armoiries et se versa un verre plein à ras bord.

Boris ouvrit péniblement les yeux, se demandant, encore une fois, où il était. Bougeant légèrement, il put constater qu'il n'avait pas d'entraves. Sur l'écran, Brigitte rampait toujours dans le sable froid et humide.

— Votre petite protégée, ricana le comte en calant bien le Winchester sous son bras droit. Très sexy, hein ?

Boris cligna des yeux et secoua sa tête :

— Pourquoi ce fusil, mon Dieu ? Je vous ai bien sauvé de la police, non ?

Le comte tressaillit et porta le verre de whisky à ses lèvres.

— Je dois d'abord vous expliquer quelque chose d'important. Après, je n'aurai plus besoin d'arme.

Une tempête soufflait dans la tête de Boris. Une voix lui hurlait qu'il fallait qu'il se lève et qu'il aille écraser la figure du fou dangereux qui buvait tranquillement son whisky en face de lui. Une autre voix beuglait à lui faire exploser le crâne et disait que le buveur de whisky dégénéré avait également un fusil à pompe dans la main et qu'il valait beaucoup mieux procéder à une étude prudente de la situation avant d'agir. Une troisième voix, beaucoup plus petite celle-là, lui donnait l'ordre de se rendormir en attendant des jours meilleurs.

Pourtant la mémoire lui revenait par bribes. Dany Teabolt les avait déposés, Sullivan et lui, devant le portail de Moonfleet, juste avant quatre heures du matin. Il ne leur restait que trois minutes et demie pour désamorcer la bombe. Boris se demanda même en ce moment si elle existait réellement. Il avait néanmoins arraché Sullivan du siège arrière de la Morris et secoué brutalement pour l'obliger à quitter l'état de prostration dans lequel il était plongé.

Le vétérinaire avait quitté sa voiture et regardé perplexe Boris mi-traîner, mi-porter le pauvre comte dans l'allée qui menait au château.

Arrivés au magnifique perron qui ornait la façade de Moonfleet, Robinson Sullivan avait commencé à émerger de sa torpeur.

— Le napalm ! bredouilla-t-il. Vite, ça va sauter !

Se dégageant de Boris, il monta les marches du perron, bondissant comme un cabri. Et arrivant chez lui, il semblait avoir recouvré toute son énergie, comme si des murs de ce manoir émanaient des ondes « Sullivan » où il se ressourçait.

— Suivez-moi ! jeta-t-il avant de disparaître à l'intérieur.

Boris sur les talons, il prit à gauche dans l'immense galerie qui longeait tout le devant de la bâtisse, puis tourna brusquement à droite devant un grand portrait sombre du troisième comte Sullivan.

Un étroit couloir conduisait à une vaste pièce abandonnée qui avait peut-être été un office dans la nuit des temps. Sullivan s'arrêta une fraction de seconde devant une curieuse porte battante divisée en deux parties. La porte était en bois massif et paraissait ancienne. Sa partie inférieure était en bois plein, tandis que la partie supérieure était ajourée, composée de lattes croisées d'environ huit centimètres d'épaisseur.

Le comte poussa les deux battants, dévoilant un escalier sombre menant aux sous-sols.

— Attention à la marche descellée ! lança-t-il en avertissement. C'est la première.

Il leur restait deux minutes pour empêcher l'explosion et Boris fonça tête baissée derrière le comte qui avait disparu dans le noir.

Boris se souvenait d'avoir senti une masse lourde jaillir de nulle part en direction de son crâne. Il voulut se baisser mais n'eut pas le temps. Juste avant de sombrer pour longtemps dans l'inconscience, il eut une vision fugitive du comte qui se tenait sur une petite plate-forme creusée dans le mur du côté des gonds des deux battants en bois massif.

CHAPITRE XIII

Dans son bureau du quai des Orfèvres à Paris, Charlie Badolini s'étouffait de rage au téléphone :

— Je m'en doutais! Quand pourra-t-on faire confiance aux Anglais ?

Il hurlait comme ça dans son combiné depuis dix minutes, rouge écrevisse.

A l'autre bout du fil, dans sa chambre de l'*Holiday Inn* de Bristol, Aimé Brichot essayait de le calmer. En vain :

— Je vais appeler Chesterton ! reprenait Badolini, vibrant. Il va voir de quel bois je me chauffe !

Le Superintendant Chesterton était son homologue à Scotland Yard.

Brichot se mit à gueuler à son tour :

— Il ne faut pas déconner, patron ! Ça ne servira à rien !

Charlie Badolini écarta l'écouteur de son oreille. Sidéré. Ça alors, un inspecteur de ses services, même principal, et même père son filleul, osait lui parler sur ce ton...

Il rapprocha le combiné de son oreille et de sa bouche, bien décidé à passer un savon de première à Aimé Brichot.

Il s'arrêta, net, sifflet coupé.

A l'autre bout du fil, on pleurait ! Aimé pleurait !

— Patron, hoqueta-t-il. Boris est foutu... Est-ce que vous comprenez, à la fin ?

***

Lorsque Boris reprit définitivement contact avec la réalité, le soleil matinal inondait déjà la pièce dans laquelle il se trouvait. Regardant autour de lui, il essaya de s'orienter. La pièce était haute et vaste, avec une immense baie vitrée orientée vers l'est. Près des fenêtres, des plantes vertes s'étiolaient tristement sur des guéridons Chippendale. Devant la baie, il y avait une grande table entourée de chaises Chippendale également et, disséminés un peu partout, des groupes de fauteuils avec des tables basses. De toute évidence, cette pièce, très poussiéreuse, mais *cosy* quand même, avec ses meubles de styles différents, allant du Regency au Victoria en passant par un très beau vaisselier breton, était le *breakfast room* du château.

Ankylosé de partout, Boris avait surtout un mal de tête épouvantable. Il crut distinguer un bruit de pas et de vaisselle qui s'entrechoque et voulut se lever. A ce moment, le comte masqué déboula dans la pièce, serrant le Winchester sous son bras droit. Il fut aussitôt suivi de Brigitte poussant devant elle une antique table roulante, croulant sous les différents composant d'un véritable *breakfast* anglais : des œufs au bacon avec des tomates au four, des *kippers* (1)tiédis, une profusion de demi pamplemousses, du porridge brûlant, des toasts, de la marmelade, du lait glacé...

Brigitte avançait à petits pas, juchée sur d'ahuris-

(1) Harengs salés et fumés.

santes chaussures vernies noires à semelles épaisses comme des dictionnaires, son bracelet brésilien au poignet gauche. Et, cerclant ses hanches, une énorme chose en fer forgé, large et massif; une ceinture de chasteté, véritable barbarie moyennâgeuse.

Boris avait réussi à se mettre debout, encore groggy après le formidable coup qu'il avait reçu sur la tête. Comme une furie, Sullivan traversa le *breakfast room* et, d'une violente bourrade en pleine poitrine réexpédia Boris au plus profond du fauteuil qu'il venait de quitter.

— Attendez ! siffla-t-il hors d'haleine. Je ne vous ai pas encore expliqué. Après, vous ferez ce que vous voulez !

Serrant toujours son fusil dans la main droite, il fit signe à Brigitte de sa main libre d'approcher la table roulante.

— Mais d'abord, poursuivit-il, nous allons prendre des forces. En tout cas, moi j'ai faim.

Il s'installa confortablement en face de Boris et, d'un claquement des doigts, ordonna à Brigitte de servir.

Les œufs et le bacon refroidissaient dans l'assiette devant Boris, mais il n'aurait pas pu avaler une bouchée, même si sa vie en dépendait. Le comte, en revanche, avait de l'appétit pour deux et mangeait avec des gestes incroyablement précis et rapides, sans prononcer un mot, comme on l'apprend dans les écoles privées ultra-huppées anglaises.

Comme il en était à sa troisième tasse de thé et à son deuxième toast à la marmelade d'orange, il s'adressa à Boris après avoir désigné Brigitte d'un coup de tête :

— Jolie, non ?

Il attaqua goulûment sa tranche de pain à pleines

dents. Brigitte était allée se poster à côté du vaisselier breton, les yeux bas, attendant de nouveaux ordres.

— C'est une histoire très intéressante..., reprit-il. Il rit grassement en terminant son toast pour s'en beurrer un troisième. Dehors, le soleil était maintenant caché dans les nuages et il avait commencé à pleuvoir sur le parc de Moonfleet.

— Figurez-vous, cher monsieur Corentin, qu'en 1970, un ancien officier de cavalerie de l'Armée des Indes nommé Robert Huguessen, lassé de chercher en vain du travail après l'indépendance des Indes, a eu l'idée...

Il s'arrêta, couteau à beurre en l'air :

— Comment dites-vous ? Ah oui : saugrenue... l'idée saugrenue de fonder une entreprise de fabrication de ceintures de chasteté comme autrefois (1).

Il dévora son troisième toast beurré.

— Pas si saugrenue que ça, l'idée de Huguessen. Savez-vous combien il vend aujourd'hui par an à travers le monde de ses ceintures de chasteté ? Entre trente et quarante mille.

(1) La Huguessen Chastity Belt Company existe réellement. La Société de l'ex-capitaine Robin Huguessen, installée à Witham dans l'Essex, avec son épouse Anne qui a toujours refusé de dire si elle porte ou non une ceinture de chasteté quand son mari court le monde pour diffuser leur production, vend ses ceintures de chasteté — à une écrasante majorité — à des couples mariés... Le modèle le plus vendu est appelé : « Mark 4 ». Il n'en coûte à l'amateur que 800 francs, serrurerie et manuel d'entretien compris. Et le constructeur garantit contre remboursement immédiat, l'inviolabilité de sa production.

La vente se fait par correspondance. Mais jusqu'en 1976, le célèbre magasin londonien Harrods, à Knights-bridge, présentait les ceintures de chasteté Huguessen à ses rayons de sous-vêtements. Jusqu'à ce que des ligues de vertu anglaises obtiennent l'interdiction de vente dans les réseaux commerciaux traditionnels.

D'un geste étonnamment vulgaire il désigna Brigitte de la pointe de son couteau, Brigitte, aux yeux morts, immobile le long du mur à côté de la desserte.

— Il y a beaucoup de modèles chez Huguessen. Je peux vous montrer le catalogue, si vous voulez.

Boris fit signe qu'il ne voulait pas. Il guettait le Winchester tout en se demandant ce qui se manigançait dans le cerveau malade de l'aristocrate anglais. Celui-ci pousuivit :

— Il y a tous les genres et vous avez tort de ne pas avoir la curiosité de feuilleter le catalogue.

Il précisa :

— Tous du genre banal et surtout légers. Faits pour des femmes consentantes, vous pigez ? De six cents grammes à un kilo maximum.

Il haussa les épaules :

— Des trucs pour se faire plaisir. Pour jouer à son homme la comédie de la fidélité.

Boris s'impatienta. Mais en face de lui, Sullivan le tenait, pour le moment, avec son riot-gun pointé dans sa direction. Le fou recommençait à rire, le menton tendu vers Brigitte.

— Ils ont mis trois mois à me fabriquer ce modèle-là. Vous vous rendez compte ? Trois mois. On a une Porsche Carrera en deux mois.

Il insista, le couteau vers Brigitte :

— Trois kilos. Fer forgé à l'ancienne, au marteau. Largeur de la ceinture entre les fesses : sept centimètres.

Il se pencha au-dessus de sa tasse de thé au lait.

— Sept centimètres. Vous vous rendez compte ? Elle est obligée de marcher les cuisses écartées. Et ça va lui faire des marques aux fesses. Des cals, comme vous dites en français.

Boris commençait à bouillir de rage et il jeta :

— Vous vouliez me dire quelque chose d'important ! Qu'est-ce que vous attendez ?

Le Winchester remonta de quelques centimètres, visant très exactement le cœur de Boris.

— Bien, je vais vous expliquer, puisque je l'ai promis. Mais cela ne change rien à la situation.

Il se cala dans le fauteuil :

— Monsieur Corentin, dans la pièce à côté de celle-ci, il y a un tableau au mur avec les noms des filles que j'ai dressé pour les vendre très cher pour pouvoir garder Moonfleet...

A travers son masque, il lança un rapide coup d'œil à Boris, puis se tourna vers la baie vitrée et continua :

— Je sais ce que je risque en affichant cette liste. En cas de « visite » de la police, ce serait un document accablant... Et c'est exactement ce que je veux. Non, disons plutôt que cela n'a pas d'importance.

Quelque chose de diabolique balaya les traits autour de la bouche de Sullivan. Boris en eut froid dans le dos et ferma un instant les yeux. Le comte au masque noir reprit après un long silence :

— Sans Moonfleet, ma vie n'a pas de sens, tout le monde peut comprendre ça, non ? Le château a été construit par le premier Sullivan. Depuis il est resté aux mains des hommes de ma lignée. Sans Moonfleet, je ne serais donc pas un *vrai* Sullivan.

Un rayon fugitif de soleil vint éclairer le visage masqué à la bouche si dure de l'aristocrate dément. Aussitôt après, une violente bourrasque secoua les arbres de parc.

— Monsieur Corentin, un jour, il y a quelques années, je compris quelque chose qui jusque-là m'avait échappé ; si moi je ne peux vivre sans Moonfleet, en revanche Moonfleet, lui, pourrait très bien continuer d'exister sans moi.

Sullivan se leva, alla se placer devant la baie, contemplant les arbres de son parc torturés par la tempête. Puis il se tourna vers Boris et hurla en brandissant son riot-gun :

— Jamais Moonfleet me survivra ! Jamais ! Cette pensée m'est intolérable ! Nous allons sombrer ensemble !

Boris demeura immobile. Sullivan revint s'asseoir dans son fauteuil et se pencha vers Boris :

— Je drogue des filles pour les dresser à m'obéir. Et dans ce domaine je n'ai eu que des réussites. Dans ma cave — que malheureusement vous n'avez pas eu le temps de visiter — j'ai installé mon petit dispositif, dont je suis assez fier, je l'avoue.

Une pluie torrentielle se mit à marteler les vitres de la baie, interrompant un instant le monologue.

— Vous me l'avez déjà dit, intervint Boris. Vous avez bien remis votre minuterie à zéro ? Il faut refaire ce geste toutes les huit heures. Nous sommes donc tranquilles jusqu'à midi, n'est-ce pas ?

— J'ai débranché la minuterie, répondit le comte avec une moue de mépris. Et j'ai enclenché le système d'urgence qui convient à la situation dans laquelle nous nous trouvons actuellement. Eva est maintenant dans la cave. Attachée comme toujours. Mais aujourd'hui c'est spécial ; elle est attachée au bidon de napalm. A mon commandement, elle abaissera la manette de mise à feu. C'est génial ; simple, rapide et terriblement efficace ! Le château ne me survivra pas ! Vous n'avez pas l'air de me croire.

— Oh, si, je vous crois, mais je ne comprends pas...

— Il n'y a rien à comprendre, le coupa Sullivan. Lorsque j'émets un sifflement bref et strident, Eva sait qu'elle doit abaisser la manette. J'ai vérifié, où que je me trouve dans la maison, elle m'entendra. Vous connaissez Stan Barnfull, le flûtiste mondialement connu ? C'est lui qui m'a appris à siffler.

Boris réfléchissait à toute vitesse. Comment neutraliser cet homme visiblement décidé à entraîner tout le monde dans son suicide dément ? Le Winchester était bien réel, mais est-ce que le comte ne bluffait pas avec son histoire de sifflet ?

CHAPITRE XIV

Le vétérinaire Dany Teabolt s'était éloigné du château au volant de sa Morris noire, le modèle sorti juste après guerre, avec la conviction profonde que ça n'allait pas bien du tout du côté de chez Moonfleet. Il lui était souvent arrivé de rencontrer le comte Sullivan lors de manifestations sportives ou culturelles locales, mais jamais il ne lui avait connu ce regard fou, cette fébrilité.

Il lutta pour se tenir éveillé et décida de chasser ses sombres pensées et de se concentrer sur la conduite. Il n'habitait qu'à deux miles environ du château, mais la route était particulièrement sinueuse à cet endroit et l'habituel brouillard matinal avait déjà étendu sa nappe un peu partout, réduisant sérieusement la visibilité.

Au sortir d'un virage particulièrement vicieux, il distingua devant lui de faibles lumières clignotants et une seconde plus tard, une lumière beaucoup plus près qui se déplaçait lentement de bas en haut, de haut en bas. Puis une silhouette grisâtre surgit du brouillard devant son capot. Un barrage de police !

Résigné, Dany Teabolt appuya sur le frein et la voiture s'arrêta avec son gémissement coutumier. Il baissa la vitre et soupira à l'adresse de la forme qui se trouvait maintenant à sa droite :

— Je suis vétérinaire. J'habite à deux pas...

— Je vous ai identifié, doc, à vos freins..., l'interrompit la silhouette.

C'est seulement à ce moment que Dany Teabolt reconnut Ginger Fury à ses boucles flamboyantes. Tous les deux, ils fréquentaient le même club hippique à l'ouest de Bristol.

Fury lui expliqua rapidement que la police était à la recherche de deux hommes. L'un était un Français, grand et brun avec un très léger accent. De l'autre on ne savait rien, sauf qu'il était un criminel qui pouvait être dangereux.

— J'ai seulement reconduit une de mes connaissances chez lui, car il ne se portait pas bien, affirma le vétérinaire.

Jerry Tall surgit de la nuit et prit Ginger Fury par le bras :

— Le boss veut te parler. Il est au téléphone dans la Rover. Mais, je t'avertis, son humeur n'est pas terrible...

— Merci, doc, et bonne nuit ! lança le policier roux avant de courir vers la voiture.

Arrivé bien avant Jerry Tall, qui en toute circonstance faisait preuve d'un flegme bien britannique, Ginger Fury saisit le combiné placé sur le couvercle de la boîte à gants ouverte. Il n'eut pas le temps de proférer le moindre son que déjà le téléphone crachait les reproches de Jeremy Chamberlain :

— Il vous en fallu du temps !

— Excusez-moi, Sir ; je parlais avec Teabolt, vous savez, le vétérinaire et...

— Cette nuit, nous n'avons pas le temps pour des bavardages. On travaille, c'est tout !

Tant de mauvaise foi chez Chamberlain ne signifiait qu'une chose. La colère et le refus de l'échec.

Ginger Fury tourna le couteau dans la plaie :

— Ici, il n'y a rien à signaler, Sir. Mais quelles sont les nouvelles de votre côté ?

La voix de Jeremy Chamberlain était tranchante comme un rasoir :

— Les barrages seront maintenus. Votre relève ne viendra qu'à sept heures ce matin.

Un petit déclic apprit à Fury que le boss avait raccroché.

Jerry Tall avait rejoint la Rover où le roux, transformé en statue, gardait le combiné dans la main, et lui lança hilare :

— On dirait que le boss t'a viré, mon vieux !

⁂

Deux heures plus tard, vers six heures et demie du matin, le brouillard avait complètement disparu et les voitures étaient devenues beaucoup plus nombreuses au poste de contrôle.

Ginger Fury luttait contre un coup de barre qui pesait sur lui comme du plomb. Il avait l'impression d'avoir posé mille fois les mêmes questions, d'avoir mille fois montré les trois portraits robot que Chamberlain avait fait porter à chaque barrage dès quatre heures et demie. Et tout cela pour rien. Pas le moindre petit indice.

Fury rêvait de son lit.

De gros nuages s'accumulaient à l'est. Il décida de s'octroyer un petit moment de répit et enjamba le fossé, s'assit contre un tronc d'arbre et ferma les yeux après avoir vérifié qu'aucune voiture n'était en vue, ni à gauche, ni à droite.

Il semblait à Ginger Fury que ce n'était qu'une fraction de seconde plus tard qu'il vit la Jaguar de son patron, suivi d'une voiture de police, s'arrêter devant le contrôle. Enfin la relève !

Jeremy Chamberlain jaillit de sa voiture tenant gauchement un grand thermos dans la main.

— De la part de Rose-Mary, annonça-t-il bougon.

Jerry Tall s'était approché et se servit une tasse de thé au lait sucré et brûlant.

Ginger Fury se secoua pour chasser le sommeil qui avait failli l'abattre.

— La nuit la plus calme..., dit-il en bâillant, depuis la bataille de Hastings, Sir. Pas de mouvement suspect, seulement l'auto-stoppeur de Dany Teabolt.

— *Un* auto-stoppeur seulement ? Qui était-ce ? Si c'était eux, *deux* auto-stoppeurs eut été plus logique ! Nous avons trouvé la voiture de Boris et une Morgan décapotable aux fausses plaques d'immatriculation. Nous avons déjà vérifié.

Comme Ginger Fury fit un geste d'impuissance signifiant qu'il ne connaissait pas l'identité de l'auto-stoppeur, le visage de Jeremy Chamberlain vira au rouge tomate.

— Faisons un saut chez le vétérinaire, c'est juste à côté, proposa Jerry Tall avec un sourire désarmant en offrant un gobelet rempli de thé brûlant à son patron.

Chamberlain avala le breuvage et ils s'engouffrèrent tous les trois dans la Jaguar. Quelques instants plus tard, ils se trouvèrent devant la maisonnette couverte de rosiers grimpants du docteur Teabolt. Malgré les deux chiens qui aussitôt se mirent à aboyer, il leur fallut bien appuyer cinq minutes sur la sonnette avant de tirer Dany Teabolt de son sommeil. Il leur ouvrit la porte en pyjama, hirsute, les yeux gonflés, pas content du tout. Quand il reconnut Ginger Fury il se rembrunit d'avantage encore.

— Ça ne va pas recommencer ? J'ai déjà dit que je n'ai rien vu de suspect.

Jeremy Chamberlain se fit mielleux :

— Nous sommes tout à fait confus de vous déranger ici, chez vous. Remarquez qu'il est déjà sept heures du matin, une heure très convenable pour demander un petit renseignement...

— Pourriez-vous seulement nous dire qui était votre auto-stoppeur cette nuit ? se hâta d'intervenir Ginger Fury.

— Pas un dangereux criminel, en tout cas ! Ce n'était que Robinson Sullivan que j'ai déposé devant l'entrée de Moonfleet.

— Etait-il accompagné d'un Français ? demanda Jeremy Chamberlain.

— Comment voulez-vous que je sache ? Il y avait bien un homme avec lui, mais il n'a pas ouvert la bouche pendant le trajet et ce n'est pas écrit sur son front. Il était grand et brun et assez fort, je crois. C'était la nuit, que voulez-vous que je vous dise d'autre ?

— Rien, sauf nous dire où vous l'avez recueilli.

— Au pied de la colline romaine, vous savez ?

Oh, oui, ils connaissaient ! Ils connaissaient d'autant mieux qu'ils avaient eux même été sur les lieux, à peu près au même moment !

Teabolt leur donna encore quelques détails, puis ils remercièrent le vétérinaire en chœur, s'excusèrent encore une fois et se hâtèrent de rejoindre la Jaguar.

Jeremy Chamberlain prit le volant et grommela :

— Le comte Robinson Sullivan ! Un noble ! Il a encore une fois raison, ce diable de Français !

CHAPITRE XV

Jeremy Chamberlain conduisait la Jaguar comme s'il se prenait pour Väätänen dans un rallye de Monte-Carlo.

— Appelez le bureau ! Qu'est-ce que vous attendez, bon Dieu ?

Ginger Fury, assis devant, était vert, et avait deux fois tenté de pianoter le numéro du commissariat principal sur le radiotéléphone. La troisième fois il réussit enfin à stabiliser le tremblement de ses doigts pour faire le numéro correctement.

A peine la liaison établie, Chamberlain lui arracha le combiné et aboya ses ordres :

— Démontez les barrages et remontez-en un à deux kilomètres du château de Moonfleet, sur les deux routes qui peuvent y donner accès. Cela fait quatre en tout ! Mais attention, pas question d'être vus du château ! Tant qu'il y a un homme à l'intérieur, le Français Boris Corentin, et que nous ne savons pas ce qui s'y passe, il n'est pas question de prendre le moindre risque. Nous allons seulement nous préparer pour une *éventuelle* intervention. Compris ?

Un de ces virages serrés en haut d'une côte, dont le réseau routier anglais a le secret, obligea Chamberlain à consacrer ses deux mains à la direction du véhicule, et il déposa le combiné sur les genoux de Ginger Fury.

Jerry Tall s'étala tout à son aise sur le siège arrière et alluma un cigare. Lui, plus ça allait vite, plus il était content.

Jeremy Chamberlain reprit le téléphone :

— Aux contrôles vous chercherez les trois types des portraits robot, le comte Sullivan, un grand blond. Il est souvent dans le journal local, vous le reconnaîtrez facilement. Et Boris Corentin, sportif, grand, brun. Celui-là, il faut le traiter avec un extrême ménagement !

« Brigitte Hentier est sûrement séquestrée à Moonfleet. Il y a peut-être d'autres filles. Il faut pouvoir les libérer sans casse !

Il marqua une pause et se gratta la nuque avec le combiné.

— Bon, poursuivit-il, je crois que c'est tout. Sauf que nous allons tous nous réunir dans mon bureau d'ici vingt minutes. Prévenez Rose-Mary !

En jetant un regard oblique en direction de Ginger Fury, il enchaîna :

— Elle pourra peut-être nous préparer du thé...

***

Profondément enfoncé dans son fauteuil, Robinson Sullivan claqua des doigts :

— Ici, à genoux.

Brigitte se précipita. Derrière elle, la pluie torrentielle frappait les vitres.

— Ecarte les cuisses, fit le salaud, qui, malgré ses promesse gardait toujours la Winchester sous le bras droit.

Brigitte obéit, souriante.

La ceinture de chasteté faisait comme une coque fendue entre ses cuisses. D'où il était assis, Boris ne voyait pas l'autre fente dans le fer forgé martelé à l'ancienne. Mais il était facile d'imaginer.

Il claqua encore des doigts.

Brigitte se retourna, cuisses ouvertes, penchée contre le mur.

— Vous voyez, reprit le monstre. Les orifices pour les fonctions naturelles sont prévues.

Boris détourna les yeux, s'efforçant au calme :

Le fou exhiba ses dents dans un sourire de tigre :

— Question d'humanité, vous comprenez ?

Boris Corentin se demanda jusqu'où irait la folie de Robinson Sullivan ? Jusqu'à quels extrêmes ? Dans quel désastre ce monstre allait-il les précipiter tous les quatre, eux trois dans le *breakfast-room* et Eva la Danoise dans la cave ?

***

Le bureau de Jeremy Chamberlain au Police Headquarters à Bristol était enveloppé dans un épais brouillard malodorant. Les hommes fumaient cigarette sur cigarette pour chasser la fatigue. Aucun d'eux n'avait dormi depuis vingt-quatre heures. Jerry Tall suçait son cigare, ajoutant ainsi à la pollution générale. Partout traînaient des tasses de thé à l'intérieur noirci par des années de dépôt de théine. Certaines tasses étaient même transformées en cendriers.

Jeremy Chamberlain se tourna vers une carte topographique, très détaillée, épinglé au mur à droite de son bureau. Désignant le château de Moonfleet et le parc autour, il s'adressa à ses hommes :

— Résumons : Cette région est sensible. Un

otage, Brigitte Hentier s'y trouve très probablement ; le comte, Robinson Sullivan est très connu ici et, pour finir, Boris Corentin, policier français, venu exprès pour cette affaire se trouve également là. Je vois d'ici les titres des journaux à la moindre bavure ! Mais revenons sur Sullivan : si c'est lui qui a séquestré Brigitte Hentier, c'est sûrement lui aussi qui a tué, ou fait tuer, le responsable du sex-shop à Duke Street à Cardiff. Je tenais à vous mettre en garde. C'est un homme dangereux. Et c'est la seule raison plausible que je suis actuellement capable de trouver pour expliquer le silence de Boris Corentin.

Rose-Mary Whitestream donna un coup de rein dans la porte et pénétra dans le bureau, un thermos dans chaque main, sa longue natte blonde balayant son dos. Pinçant le nez, elle traversa la pièce et posa bruyamment les thermos sur le bureau de Chamberlain. Puis elle se tourna vers Jerry Tall et lui dit :

— Vous pourriez au moins ouvrir les fenêtres !

Il baissa la tête et regarda son Monte Christo 3 dont il ne restait qu'un petit bout et l'écrasa avec un soupir dans une tasse de thé.

Puis Mary-Rose Whitestream fit le chemin en sens inverse. A la porte, elle lança :

— Ou vous vous arrêtez de fumer, ou vous allez boire dans des gobelets plastique !

Elle sortit et Jeremy Chamberlain se racla la gorge :

— Revenons à notre sujet. Les lignes téléphoniques de Moonfleet sont sur écoute depuis six heures ce matin. Nous avons d'ailleurs très facilement obtenu une autorisation. Mais ne comptons pas trop que cela va nous donner une piste. C'est pour cette raison que j'ai décidé, après avoir consulté Londres, qui à son tour s'est mis en relation avec Paris, de profiter des visites du château qui commencent exceptionnellement tôt, car les grilles s'ouvrent à 9 h 15. Fury et Caldron vont se mêler aux touristes. C'est le seul moyen de contacter, rapidement, *l'inspecteur divisionnaire* (1) Corentin, sans prendre trop de risques. Selon ce que nous allons apprendre, nous donnerons l'assaut ou irons simplement cueillir le comte et libérer Miss Hentier. Caldron sera en contact radio avec nous. Elle pourra glisser son appareil dans son sac à main. D'ailleurs, elle ne doit plus tarder, elle est allée se changer.

Chamberlain donna encore des instructions, désignant la place de chacun dans le dispositif d'encerclage du château.

Peu après, Michelle Caldron fit son apparition. Elle avait fait les choses à fond et telle qu'elle était habillée en ce moment, elle ressemblait à tout sauf à un agent de police féminin. Petit bout de bonne femme, elle avait toujours ses cheveux tirés en arrière et portait des vêtements classiques aux couleurs plutôt sombres. Elle avait des yeux rieurs derrière d'épaisses lunettes et elle était très appréciée par ses collègues de travail pour son sens d'observation aigu. Car elle était capable d'isoler *le* détail, apparemment insignifiant, qui pouvait faire entrer une affaire dans une nouvelle phase. Elle s'était portée volontaire pour cette mission parce qu'il s'agissait d'une jeune fille mineure en danger. Les jeunes étaient devenues sa spécialité et elle se donnait toujours beaucoup de mal pour eux.

Là, dans l'ouverture de la porte, Michelle Caldron était méconnaissable. Ses cheveux cascadaient librement dans son dos. Ils étaient retenus par ses lunettes posées sur le sommet de la tête. Elle s'était glissée dans une robe-fourreau de jersey noir avec

(1) En français dans le texte !

un décolleté plongeant. La robe était serrée à la taille par une large ceinture dorée. Michelle Caldron, agent de police, avança sur ses chaussures vernis noir à talons compensés. Elle fut accueillie par un concert de sifflets et Ginger Fury s'écria :

— *Well, that's a hot caldron, wow* (1) !

Elle protesta :

— Qu'est-ce que vous avez tous ? J'ai simplement mis une robe de ma sœur. Sullivan est peut-être le maniaque sexuel qui a kidnappé Brigitte Hentier. Alors, je m'adapte à la situation !

⁂

Robinson Sullivan avait posé le Winchester sur la table devant lui. Sa main droite était crispée sur la crosse à faire blanchir les jointures et la gauche était enfoncée dans la poche de sa veste en tweed pour cacher le tremblement qu'il n'arrivait plus à maîtriser. Brigitte, roulée en boule sur le sol, se blottissait contre ses jambes comme un chien. Le monstre sifflait toujours la même mélodie, encore et encore. Boris n'avait qu'une envie : se lever, lui arracher le masque noir qui dissimulait son visage et en même temps lui envoyer son poing droit dans la figure.

La tempête était partie aussi vite qu'elle était venue, cédant la place à un petit crachin bien fin, bien anglais.

— Je crois bien que ma petite mélodie vous porte sur les nerfs, dit Sullivan en rompant le silence.

— Qu'est-ce que nous attendons ? demanda Boris.

(1) *Caldron* signifie chaudron en anglais et *hot* signifie sexy. Ginger Fury s'est permis un petit jeu de mots...

— L'heure d'ouverture des grilles. Visiblement notre guide s'est envolé. Il aura pris peur sans doute. Aussi ai-je décidé de le remplacer aujourd'hui. Ce sera la dernière fois. Après...

Il sortit nerveusement la main gauche de sa poche et décrivit un arc de cercle saccadé, en même temps il expulsa l'air entre ses lèvres.

Boris regarda sa montre : 9 h 12.

— C'est le moment, annonça Robinson Sullivan en désignant la porte du bout de son Winchester. Boris se leva en pensant à la fille dans la cave, à cette fille, transformée en système de mise à feu en chair et en os.

Brigitte était déjà debout, frémissant de plaisir comme à la perspective d'un dernier spectacle grandiose.

***

Eva n'entendit plus la petite mélodie que sifflait le comte et baissa tristement la tête. C'était d'ailleurs la seule partie de son corps que Douglas avait laissé libre, quand il l'avait ligoté après le dîner, la veille. Ankylosés de partout, ses membres criaient grâce, mais elle avait quand même tenu le coup grâce au sifflotement du seigneur de Moonfleet qui paraissait lui annoncer sa libération prochaine. Elle avait déjà de l'expérience et avait été parfaitement dressée à réagir d'une manière précise. Dès le signal envoyé par le comte, — un sifflement bref et strident, — elle devait abaisser la manette qui était à portée de ses doigts. Cela enclenchait une sonnerie et aussitôt Douglas ou Philip venait la libérer. Aujourd'hui la manette était un peu différente, un peu plus grande, et elle était fixée sur un bidon par un système compliqué, mais Douglas lui avait dit que cette modification « d'organisation » ne changeait rien pour elle.

Eva dressa de nouveau la tête, car elle crut entendre des pas qui se dirigeaient vers l'entrée du château. Son cœur se mit à battre la chamade.

Est-ce que le comte allait partir quelque part et oublier de siffler pour la libérer ?

*
**

Le canon du riot-gun durement enfoncé entre les côtes, Boris marcha devant Sullivan dans la grande galerie qui longeait la façade du château. Brigitte suivait les deux hommes, sautillant craintivement de gauche à droite.

De leurs cadres lourds, à dorure assombrie au fil des ans, les ancêtres du petit Robinson, le sixième du nom, semblaient suivre la procession avec un air de mépris.

Sullivan obligea Boris de s'arrêter devant un petit tableau près de la porte donnant sur le perron et lui demanda d'appuyer sur un bouton marqué : *Entrance Gate.* Il saisit lui-même le combiné d'un téléphone mural accroché à côté. Donnant l'ordre à Brigitte, d'un signe de tête, de reprendre sa place à ses pieds, il annonça dans le micro :

— *Ladies and Gentlemen, I wish you welcome to Moonfleet Castle.*

Il se présenta ensuite et leur demanda d'emprunter l'allée centrale qui allait les conduire devant le château où il allait lui-même avoir l'honneur et le plaisir de les accueillir et de leur faire visiter la demeure de ses ancêtres. Là-dessus, il raccrocha et poussa Boris sur le perron.

*
**

Une sonnerie de trompette sur trois notes, en guise de signal sonore, annonça l'ouverture des grilles du château de Moonfleet. Ginger Fury poussa l'immense portail et fit signe d'avancer au petit groupe d'une quinzaine de personnes qui avait attendu, avec Michelle Caldron et lui, quelques minutes devant l'entrée. Les touristes avaient accueilli avec des exclamations de joie la perspective de rencontrer le comte Sullivan lui-même. Le couple de policiers se demandait, quant à eux, ce que ce nouvel élément présageait.

Il pleuvait toujours un petit peu et à cause du nombre de parapluies multicolores, ce fut une masse compacte et bigarrée qui progressait, sage et obéissante, sur le gravier de l'allée qui menait au château maudit.

Le sixième comte Sullivan se tenait au beau milieu de son magnifique perron et leur fit signe d'approcher. Le groupe s'était arrêté, intimidé par ce qu'il voyait, là devant eux : un homme tête nue, portant un loup noir cachant ses yeux et brandissant un fusil qui pouvait servir à la chasse aux sangliers ; une fille nue avec quelque chose en fer autour des hanches ; et un homme grand et brun qui semblait sur le qui-vive.

Le comte leur fit un nouveau signe, impatient cette fois, d'approcher. Michelle Caldron et Ginger Fury s'avancèrent, bientôt suivis des autres touristes, dont la curiosité avait fini par vaincre la crainte suscitée par cet accueil inattendu.

Les deux policiers s'efforçaient de comprendre la situation qu'ils avaient sous les yeux. Mais ils étaient comme frappés de cécité, n'y discernant rien de cohérent.

Sur un claquement des doigts, Brigitte vint se lover autour des jambes de son maître.

Robinson Sullivan avait commencé à raconter pourquoi ce château avait été construit et dans quelles circonstances, s'attardant sur les anecdotes scabreuses... Il ponctuait ses phrases avec le Winchester qu'il tenait des deux mains, pointant le canon vers le ciel.

Boris Corentin avait toujours l'air aussi tendu. Ginger Fury constata qu'il s'était considérablement rapproché de la porte d'entrée, comme s'il voulait fuir vers l'intérieur. Le Français fit encore un petit pas. Michelle Caldron avait aussi vu son manège et se pencha vers son collègue en chuchotant :

— Fais-toi connaître. S'il disparaît à l'intérieur ce sera plus difficile d'entrer en contact.

Ginger Fury ferma son parapluie, scruta le ciel, fit mine de s'apercevoir qu'il ne pleuvait plus et enfin, pour bien attirer l'attention, il ébourriffa longuement ses boucles flamboyantes. Cela capta le regard de Boris Corentin.

Soudain, Robinson Sullivan lança une phrase en français tout en baissant son fusil :

— On ne bouge pas, sinon je tire dans la foule !

Après une fraction de seconde d'hésitation, l'inspecteur français retourna à sa place, sur le fond du perron à droite.

Fébrile, Sullivan poursuivit ses explications sur le spectacle, unique au monde, qu'il allait leur présenter dans quelques instants.

Les touristes étaient de plus en plus mal à l'aise. Cela n'avait pas vraiment l'air d'un spectacle historique, comme on présente parfois dans les châteaux. Le comte Sullivan apparaissait comme un homme exalté à l'esprit dérangé. Un couple de retraités décida de s'en aller. Mais Robinson Sullivan avait l'œil à tout :

— Restez, restez ! Vous n'allez pas le regretter !

Peu habitué à être le point de mire, très gêné, le couple réintégra le groupe.

Le maître de Moonfleet éleva la voix :

— Avant de visiter le château, j'ai décidé de vous donner un aperçu de ce qu'était la vie quotidienne de mes ancêtres. En particulier, l'absolue perfection exigée des domestiques !

Et se pencha vers Brigitte qui était toujours lovée à ses pieds :

— Allons ! Allons !

Elle se dressa sur les mains et sur les genoux et commençait à se dandiner à quatre pattes de long en large devant les touristes ébahis.

Ginger Fury fit semblant de commenter le « spectacle » avec enthousiasme et murmura dans l'oreille de Michelle Caldron :

— Il est fou ! Cette histoire finira dans le sang. Même si nous n'avons pas encore pu contacter Boris, je demande du renfort d'urgence. Il faut évacuer les touristes, et tout de suite après désarmer ce monstre ! Vois ce que tu peux faire !

Michelle acquiesça de la tête et fut aussitôt prise d'une violente quinte de toux. Elle chercha quelque chose dans son sac, n'y trouva pas ce qu'elle voulait, fit signe à Ginger qui tâta ses poches et lui donna un jeu de clés de voiture. Toujours victime de sa toux violente, Michelle Caldron courut vers la sortie du parc. Sullivan la vit partir avec soulagement et reprit sa péroraison momentanément interrompue.

Dès qu'elle fut hors de vue, Michelle Caldron sortit le talkie-walkie de son sac, se mit en contact avec Jerry Tall. Elle lui expliqua rapidement la situation, soulignant son caractère imprévisible. Elle ajouta qu'elle avait peur que le château ne décèle un piège, une catastrophe quelconque... Jerry Tall promit de faire vite. L'autre Français, Aimé Brichot, était à ses côtés et se déclarait tout à fait d'accord avec Michelle Caldron. Si Boris Corentin n'avait pas encore neutralisé Robinson Sullivan, c'est qu'il avait une raison impérative.

Revenant rapidement auprès du groupe sur ses talons compensés, Michelle jura de ne plus porter ces instruments de torture, en tout cas, pas en mission. Elle chuchota un résumé dans l'oreille de Ginger Fury.

Le comte qui suivait Brigitte dans sa déambulation sur le perron, exigeant d'elle un chapelet interrompu de mots obscènes, s'arrêta net et menaça les deux policiers avec son Winchester.

— Silence ! hurla-t-il, avec un peu de bave aux lèvres. J'exige une attention totale !

D'abord pétrifiée par la surprise, Michelle Caldron décida d'agir. Se déhanchant, avec des airs de timidité extrême, elle s'avança jusqu'à la première marche.

— Je voudrais essayer la même chose, minauda-t-elle en regardant Brigitte. Ça doit être... *terrific*. Puis elle baissa la tête : Mais mon mari ne veut pas...

Authentiquement horrifié, Ginger Fury se précipita pour faire revenir Michelle à la raison. Sullivan l'écarta du canon de son fusil et saisit Michelle Caldron par les cheveux, la hissant auprès de lui. Elle prit un air extasié et se laissa faire.

— *Oh yes, please, please,* murmura-t-elle.

De nouveaux visiteurs s'approchaient. C'était tous des hommes, ils avaient tous à peu près le même âge et portait tous des blousons ou des vêtements amples.

Boris, qui avait accueilli la diversion créée par

Michelle Caldron avec plaisir, fut pris de sueurs froides en voyant s'avancer le commando de Jeremy Chamberlain. Personne ne savait dans quelles conditions horribles Eva se trouvait prisonnière dans la cave, et le danger qu'ils couraient tous.

Sullivan n'avait d'yeux que pour sa nouvelle recrue et étira ses lèvres en un sourire cruel :

— *It's my pleasure.*

Il la gifla si fort qu'elle tomba par terre, ses lunettes, décrivant un arc de cercle, vinrent se briser aux pieds de Ginger Fury.

Les nouveaux « touristes » occupaient maintenant le premier rang. Ils avaient ordonné en chuchotant aux vrais visiteurs de décamper le plus vite possible. Ils n'avaient eu aucun mal à se faire obéir, tant ils étaient horrifiés par ce qu'ils avaient vu.

Le comte sentit que quelque chose avait changé autour de lui. Il se mit à siffler, d'abord tout doucement une note grave. Puis, rapidement de plus en plus fort, de plus en plus aigu.

Ginger Fury sortit son arme et visa posément la poitrine du comte.

— C'est fini, dit-il. Jetez votre fusil.

Mais le fou sifflait, de plus en plus strident. Les faux touristes sortirent aussi leurs armes. A n'importe quel instant un coup allait partir, déclenchant la catastrophe.

Boris qui s'était ramassé, se transformant en une boule d'énergie, fut en deux bonds auprès du comte et lui expédia le plus formidable coup droit de sa vie directement dans la mâchoire. Sullivan s'effondra, le sang giclant de son nez et de sa bouche.

De terreur, Brigitte poussa de longs cris aigus.

— Faites-la taire, nom de Dieu ! hurla Boris en se précipitant à l'intérieur.

Il courut jusqu'à la porte où il avait été assommé

la dernière fois, dégringola l'escalier noir et déboucha dans une grande pièce vide. De faibles gémissements lui parvinrent aux oreilles et il bondit sur une porte entrouverte sur sa gauche. Dans la pénombre, il vit une forme qui bougeait légèrement.

— Maintenant, j'appuie sur la manette. Maintenant, Brigitte a sifflé...

Eva était si épuisée qu'elle ne vit même pas Boris, debout à côté d'elle.

Il desserra doucement sa main crispée sur la manette commandant la mise à feu du napalm. Puis il lui caressa le front comme on caresse un petit animal apeuré :

— Allons. Je vais te remonter. C'est fini. Tout est fini pour toi aussi...

CHAPITRE XVI

C'était comme un film qu'on repasserait. Une chambre d'hôpital, et sur le lit, une ravissante fille brune qui dormait sous perfusion.

Mais cette fois, il n'y avait pas de policier devant la porte, dans le couloir. Brigitte ne courait plus aucun risque d'être de nouveau enlevée par des monstres. Et sa mère était assise au chevet du lit, dévorant des yeux sa fille miraculeusement sauvée par un inspecteur fantastique.

Boris se pencha pour embrasser le front de Brigitte. Et il caressa longuement le bracelet effiloché à son poignet.

Le bracelet de tissu tressé sans lequel Brigitte n'aurait jamais été sauvée.

Le bracelet dont, par miracle, avait parlé l'article du quotidien anglais qu'Aimé Brichot achetait pour apprendre la langue anglaise,

Le bracelet qui allait tomber de lui-même du poignet, dans combien de temps ? Un mois. Deux mois au plus...

Boris se releva et, en silence, sans que les mots sortent de ses lèvres :

— *Good luck,* Brigitte. Je reviendrai te voir.

Il contempla encore un instant le si beau visage

endormi, secoué de crispations nerveuses, comme à l'hôpital de Bristol, il n'y avait pas si longtemps.

Avant de ressortir, Boris embrassa aussi la maman de Brigitte.

Madame Hentier avait les larmes aux yeux :

— Les médecins m'ont dit qu'elle oublierait, murmura-t-elle. Mais c'est pour me faire plaisir, j'en suis sûre...

Boris lui poussa la main :

— Non. Ce sont des spécialistes de ce genre de cas. Ils ne vous mentent pas, je peux vous le garantir. Quand Brigitte se réveillera de sa drogue, il n'y aura dans sa mémoire qu'un long trou noir...

Au bout du couloir, Aimé Brichot l'attendait.

— Alors? fit-il en se grattant nerveusement la moustache. Que t'ont dit les médecins?

Boris soupira :

— Ça ira pour le mieux. Son cerveau est intact. Mais il faudra bien lui expliquer d'où viennent les stigmates que portent son corps. Il y a des psychologues pour ça. C'est long et délicat... Mais ils limiteront les dégâts au maximum.

Comme Brigitte, Eva reposait dans un lit d'hôpital dans la petite ville de Horsens, au cœur du Danemark. Sa constitution robuste allait l'aider en s'en sortir, mais elle resterait légèrement boiteuse toute sa vie. Sa dernière séquestration avait définitivement traumatisé les ligaments du col du fémur qui ne retrouveraient jamais l'élasticité d'avant.

Elle ne savait pas, et elle ne saurait jamais, qu'elle avait failli être la cause de la mort d'une vingtaine de personnes...

Boris et Aimé marchaient maintenant côte à côte dans l'allée gravillonnée vers leur voiture rangée dans le parking de cette clinique de la banlieue parisienne spécialisée dans le traitement des violents chocs émotifs.

Ils se taisaient. Envahis tous les deux par la même pensée : l'horreur à laquelle peut atteindre l'âme humaine. La monstruosité des dépravés.

Ceux dont c'était leur métier de faire la chasse en jouant parfois leur vie à quitte ou double, comme l'avait fait Boris.

Et l'enquête qui allait se poursuivre parce que l'affaire de Moonfleet n'était que la partie émergée de l'iceberg. Le début d'un long travail de fourmis pour remonter toute la filière.

D'abord pour essayer de sauver, après Eva la Danoise, les autres filles passées entre les mains de Sullivan.

Et puis, pour démasquer les complices de celui-ci à travers le monde.

Et ça prendrait des mois et des mois.

Sullivan avait tout déballé.

Et c'était effarant.

Quant à Douglas Homestead, Philip Straight et Salomon Dayan, ils avaient été interpellés à un barrage de police. Et ils avaient avoué tout ce qu'ils savaient. Permettant en premier de démasquer Thomas Mills, la taupe de l'hôtel de police de Bristol. Et ensuite, de remplir trois bonnes pages de noms et d'adresses d'une utilité extrêmement précieuse.

***

Jeannette se planta devant son mari, avec son pull tout neuf sur elle :

— Regarde, tu ne t'es pas trompé. La bonne

taille. Comme pour les enfants ! Si on s'attendait à un aussi beau cadeau...

Aimé eut une moue modeste :

— C'était la moindre des choses.

Sa femme fronça les sourcils :

— Tu ne t'es pas ruiné, au moins ?...

Il secoua fièrement la tête :

— Moitié prix. Vérifie sur la note. Je l'ai gardée exprès.

Puis il se replongea dans le déchiffrage, dictionnaire à portée de main, de l'article du *Daily Mirror* du jour.

On n'y parlait que de Jeremy Chamberlain et de sa victoire *fantastic* sur un réseau de salopards...

Comme convenu dans leur accord...

Mais dur, dur, quand même, malgré une phrase de remerciement à « la précieuse collaboration de deux policiers français » et toutes les excuses que Chamberlain d'Outre-Manche leur avait présentées avant leur départ...

***

La fille dans les bras de Boris dans le lit de son studio de la rue de Turbigo était blonde, avec des seins lourds.

— Qu'est-ce qui t'arrive ? s'exclama Ghislaine Duval-Brasseur. Je ne te fais plus bander ?

Boris se tourna de l'autre côté du lit :

— Pardon. J'ai besoin de dormir. Je t'expliquerai demain.

Ghislaine le secoua par les épaules :

— Dis. Je veux savoir tout de suite !

— OK, fit Boris.

Il marqua un temps d'arrêt, et puis, d'une voix lente :

— Excuse-moi. Mais je reviens de l'enfer...

Ghislaine continuait à le secouer par les épaules :

— Dis ! Dis-moi ce qui s'est passé à Bristol !

Boris la fixa. Blanc. Les yeux cernés. Il raconta et puis :

— Les gosses guériront. Mais c'est leur âme qui a été martyrisée, tu comprends ? Laisse-moi essayer de dormir, je t'en prie...

Ghislaine se releva :

— Bien sûr, je comprends, bien sûr...

Elle le serra contre sa poitrine. Tendrement.

— Tu es un mec bien, Boris, un mec très bien.

Achevé d'imprimer en septembre 1988
sur les presses de l'Imprimerie Bussière
à Saint-Amand (Cher)

— N° d'imprimeur : 5658. —
Dép^ô^ légal : septembre 1988.

Imprimé en France